그대, 오늘 행복했나요

그대, 오늘 행복했나요

글 염정원

펴낸이 김용태 | **펴낸곳** 이룸나무

편집장 김유미 | **편집** 김민채, 김지현

마케팅 출판마케팅센터 | **디자인** YYCOM

초판 1쇄 인쇄일 2015년 12월 15일

초판 1쇄 발행일 2015년 12월 22일

주소 410-828 경기도 고양시 일산동구 산두로 265-17 3층 (정발산동)

전화 031-919-2508 **마케팅** 031-943-1656 **팩시밀리** 031-919-2509

E-mail iroomnamu@naver.com

출판 신고 제 2015-000016 (2009년 9월 16일)

가격 13,800원

ISBN 978-89-98790-37-0 03810

이 도서의 국립중앙도서관 출판예정도서목록(CIP)은 서지정보유통지원시스템 홈페이지(http://seoji.nl.go.Kr)와
국가자료공동목록시스템(http://www.nl.go.kr/kolisnet)에서 이용하실 수 있습니다.(CIP제어번호:CIP2015034070)

그대, 오늘 행복했나요

소중한 당신을 위한 달콤한 레시피

글 · 염정원 그림 · 이보현

이룸나무

인생…
달콤한 영화의 막이 오른다.

먼 북소리에 이끌려 여행을 떠난
터키의 시인처럼,
철새들의 이동을 이용해
별을 떠난
어린 왕자처럼…

그대, 오늘 행복했나요

저는 이럴 때 행복해요.

이른 아침 창가에 햇살이 가득 비출 때,
빳빳하게 다림질된 셔츠를 입고 출근을 준비할 때,
고소한 음식 냄새가 코끝을 간지럽힐 때,
전화기 너머 그리운 친구의 목소리가 들려올 때,
무심코 켠 라디오에서 좋아하는 음악이 흘러나올 때…

행복한 사람은
행복을 찾으려 노력할까요?
아닙니다.

행복한 사람은 순간순간 삶을 만끽합니다.

점심을 건너뛰는 대신 분위기 좋은 창가에 앉아 차 한 잔 마시고,
수고한 자신을 위로할 멋진 손수건 하나 선물해보세요.

조금 관점을 바꾸면 우리의 몸짓 하나,
일상의 평범한 일에서 행복을 만끽할 수 있답니다.

인생, 별거 있나요?

오늘 하루 내게 주어진 여건 속에서 최선을 다하고,
오늘보다 나은 내일을 위해 뚜벅뚜벅 앞을 보며 걸어가고,
1년 후, 10년 후 내 모습을 그리며 꿈을 키워가는 것.
그게 바로 행복이지요.

Reading Recipe

오늘 하루. 삶이 고단하다고
남보다 초라해 보인다고
생각하세요?

그렇다면 지금 책을 펼치세요.

더러는 불쑥,
가끔은 아주 심각하게,
이따금 매우 유머러스하게
영화 속 주인공들의 멋진 한마디가 여러분을 반깁니다.

그 한마디로 백만볼트 전기에 감전된 듯 찌릿 전율이 오고,
눈물이 왈콱 쏟아지는 놀라운 감동을 받곤 합니다.

책을 펼치셨나요? 이렇게 읽어주세요.

Tip1. 손끝 닿는대로 책장을 펼쳐보세요
어느 페이지를 펼치든 우리를 감동시킬 멋진 한마디가 툭 뛰어나옵니다.
영화를 볼 때는 무심코 흘려넘겼던 대사 한 줄에서
오늘 하루, 더 기쁘게 살 에너지를 듬뿍 섭취할 수 있답니다.

Tip2. 공감가는 이야기를 옮겨 적어보세요
눈으로 읽고, 마음으로 감동하고, 손끝으로 확인하는 필사의 힘.
긍정적인 에너지를 얻는 지름길입니다. 책을 넘기다 공감가는 대사
한마디를 수첩에 옮겨 되새김질하듯 찬찬히 읽어보세요.

Tip 3. 마음을 움직인 영화를 다시 보세요
혹, 눈물을 왈칵 쏟게 하는 대사 한마디가 귓가를 맴돌면,
그 영화를 다시 한 번 돌려 보세요. 보고 싶은 명화나 구하기 힘든
영화도 웹에서 쉽게 구할 수 있잖아요.

일러두기 페이지 하단에는 명대사가 등장한 영화제목이 표기되어 있습니다.
해당 영화의 정보는 부록으로 소개되어 있습니다.

C·o·n·t·e·n·t·s

1 지금, 나는 더 행복해질 거야

2 그래도 사랑해, 그래서 사랑해

오늘... 오늘은 꿈꾸기 좋은 날

1

"해결될 일이라면 걱정할 필요가 없고,
해결되지 못할 일이라면 걱정이 필요 없습니다."

- 하인리히 하러

지금, 나는 더 행복해질 거야

"해결될 일이라면 걱정할 필요가 없고,
해결되지 못할 일이라면 걱정이 필요 없습니다."
- 하인리히 하러

우리는 하루 평균 10번 웃고,
한 번 웃을 때 8.6초 웃는답니다.
평균 수명 80살,
생애를 통틀어 웃는 시간은
고작 30시간밖에 되지 않습니다.

조금
조금 더
조금 더 웃으세요.

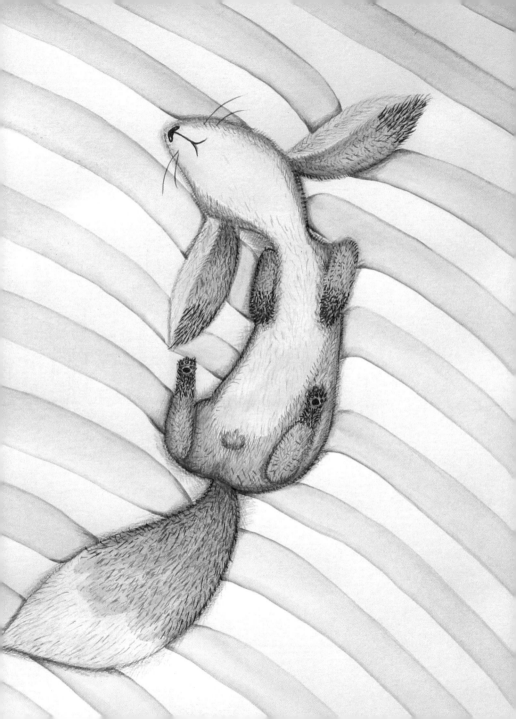

여기 배낭이 하나 있어요.
인생의 잡동사니 전부를 배낭에 모두 넣으세요.
다시 더 큰 물건들을 넣어봐요. 배낭은 점점 더 무거워집니다.

다 넣으세요.
차도 넣어요. 집도 넣어요.
배낭에 전부 다 넣으세요.

걸음을 뗄 수 있나요? 물론 걸을 수 없지요.

인디 에어
16

"당신의 배낭엔 무엇이 들어있습니까?"
- 라이언 빙햄

심지어 배낭 안에
이런 물건이 들어갈 수도 없지요.
우리는 이렇게 스스로 걷지 못할 만큼
잔뜩 욕심을 부리고 산답니다.

이제 배낭에 넣었던 것을 전부 꺼내서 태워버려요.

아무것도 들어 있지 않은 배낭
얼마나 가뿐한가요?

17

여기 또 다른 배낭이 있어요.

이번엔 사람을 넣어보죠.
먼 지인부터 시작해요. 친구의 친구, 회사 사람들
그다음은 가장 믿는 사람들
사촌, 이모, 삼촌, 형제, 자매, 부모
마지막으로
남편, 아내, 남자친구, 여자친구
모두 배낭에 넣어요.

이제 그들과 있었던 수많은 타협과 논쟁, 비밀과 화해…
다 넣어서 내버리자구요.

인도의 작은 마을에서는 배낭이 무거우면
선생님이 아이들을 다시 집으로 돌려보낸답니다.

인도의 아이들처럼
나를 어지럽히는 잡동사니를 배낭 속에 넣지 말자구요.

• 인도 마하라슈트라가주에서는 아동 몸무게의
10%가 넘는 책가방을 메지 못하게 한다.

배낭을 태운다고,
배낭을 내려놓는다고,
세상이 무너지나요?

버리고 나면

잊고 있던,
다른 멋진 세상을
만납니다.

버킷 리스트˚- 죽기 전에 꼭 하고 싶은 것들

"고대 이집트인들은 영혼이 하늘에 가면
신이 두 가지 질문을 했대,
그 대답에 따라서 천국에 보낼지 정해졌다고 해.
첫째, 인생에서 기쁨을 찾았는가?
둘째, 인생에서 다른 사람을 기쁘게 해주었나?"

- 카터 챔버스

---

* 버킷 리스트(bucket list): 죽기 전에 꼭 해보고 싶은 일을 적은 목록이다. '죽다'라는 속어인 '킥 더 버킷(kick the bucket)'으로부터 만들어진 말로 중세 시대에는 교수형을 집행하거나 자살을 할 때 올가미를 목에 두른 뒤 뒤집어 놓은 양동이(bucket)에 올라가 양동이를 걷어참으로써 목을 맸는데, 이로부터 '킥 더 버킷(kick the bucket)'이라는 말이 유래하였다.

"슬피 우는 건 쉬워요. 차라리 혼자 춤을 춰봐요."

- 클레어 콜번

야생동물은 트라우마가 없습니다.
야생동물은 저녁이면 천적에게 쫓겨 죽음의 문턱까지 갔던 기억을
몸을 부르르 떨면서 지운답니다.

원시 시대 인간도 슬픔과 고통을 잊기 위해 노력했어요.
두려운 자연환경 앞에서, 가족의 죽음 앞에서 그들은 춤을 추었습니다.
춤추며 황홀한 경지로 잠겨 들었고, 현세와 내세 사이를 뚫고
무아지경의 세계를 경험했어요.

인디언들 역시 사랑하는 이의 죽음 앞에서
슬픔이 사라질 때까지 춤을 추었지요.
그렇게 슬픔과 아픔을 잊었어요.

트라우마를 부정한 오스트리아의 심리학자 알프레드 아들러*는
과거의 아픔과 슬픔은
스스로 충분히 극복할 수 있다고 말합니다.

돌이킬 수 없는 슬픔을 겪었다면, 슬피 울기보단 일어나서 춤을 추세요.
작은 몸짓 하나로 슬픔의 무게가 덜어질 테니까요.

---

* 알프레트 아들러(Alfred Adler): 오스트리아의 정신의학자, 정신분석학자이다. '개인심리학(individual psychology)'의 창시자이며, 인간의 행동과 발달을 결정하는 것은 인간존재에 보편적인 열등감·무력감과 이를 보상 또는 극복하려는 권력에의 의지, 열등감에 대한 보상욕구라고 생각하였다.

엘리자베스 타운

"아무것도 없을 것 같은 일상에도 여러모로 뒷모습이 있는 거다."
- 스즈메

스즈메는 어느 날 작은 전단에서 '스파이 모집'이라는 문구를 발견합니다.
일탈을 꿈꿨던 평범한 주부 스즈메는 과감히 스파이가 됩니다.

스파이 스즈메에게 떨어진 첫 특명.
"아무에게도 눈에 띄지 말고, 평범하게 생활하기"

평범하게 살라는 지시를 받은 스즈메는 평범하려고 노력하지만,
그동안 자신이 평범하다고 생각했던 일들에 의문이 들기 시작합니다.

'혹시 특별하지 않은가?'

평범한 것 같은 자신의 이름도, 평범한 것 같던 학창 시절도,
평범한 남자라고 생각했던 남편도, 평범한 것 같던 일상의 모든 일이 특별하고
의미 있게 다가와 스즈메는 몹시 당황스러워합니다.

스파이가 되기 전과 똑같은 일상이지만, 스즈메는 자신의 일상이 생각보다
의미 있고 특별하다는 사실을 차츰 깨닫습니다.

18세기 프랑스 왕비 마리 앙투아네트에게 21세기 일본 주부 스즈메의 일상이
절대 평범하지 않고, 내전 중인 알제리 사막에 사는 소년에게
혹한의 알래스카에서의 일상은 특별합니다.

거북이는 의외로 빨리 헤엄친다

우리 모두 소중하고 특별한 삶을 살고 있습니다.
스파이가 되기 전까지 자신의 특별한 일상을 깨닫지 못한 스즈메처럼.

"나는 모든 것을
즐기고 싶다.
하루하루가 인생의
마지막 날인 것처럼
유쾌하게 살고 싶다."
                    - 헬렌

"너에게는 분명 죄가 있다.
바로 네 인생을 낭비한 죄다."
- 재판관

인도 마우리아 왕조 제3대 왕이자, 인도 최초의 통일대제국을 건설한 아소카 왕*.

위대한 아소카 왕에게는 철부지 동생이 한 명 있었지요.
왕족임을 빙자해 국법을 어기고 방탕한 생활을 즐기는 동생은
아소카 왕의 가장 큰 고민거리였습니다.

아소카 왕은 동생의 행동을 더는 두고 볼 수 없어 극단적인 결정을 내리지요.

"내 너의 행동을 두고 볼 수 없어, 일주일 후 사형을 명하겠다. 나의 피가 섞인
동생이기에 죽기 전까지 왕처럼 즐기게 해 줄 테니, 그리 알 거라."

동생은 청천벽력같은 형의 말에 괴로워했지만, 왕의 명령을 거역할 수 없었어요.
동생은 어차피 이렇게 된 이상, 일주일간 왕처럼 즐기고 떠나자고 마음먹습니다.
첫날밤, 동생 방으로 거대한 장수가 찾아와 큰 소리로 외치고 사라집니다.

"7일째 밤입니다!"

---

* 아소카 왕(Asoka, B.C. 268~B.C. 232): 고대 인도 마우리아 왕조 제3대 왕으로, 인도 남부를 제외한 인도 전역을 통일하여
전성기를 맞이하였다. 인도 역사에 있어서 가장 위대한 지도자 중의 한 사람이다.

온종일 마음이 편치 않은 동생에게 다음 날 밤 다시 장수가 찾아와 소리칩니다.
"6일째 밤입니다!"

매일 밤 장수는 동생에게 찾아와 남은 날을 큰 소리로 알려주지요.
마침내 사형날이 됩니다.
왕 앞에 무릎 꿇은 동생에게 아소카 왕이 묻습니다.

"일주일간 잘 지내었느냐?"

머뭇거리던 동생은 참았던 울음을 터트리며 말합니다.

"못 지냈습니다. 매일 밤 장수가 찾아와 남은 날을 알려주는 바람에
불안하고 안타까워 즐기기는커녕 잠도 한숨 못 잤습니다."

아소카 왕은 잠시 동생을 바라보고는 사형집행을 멈추라 명하고,
떨고 있는 동생의 어깨를 감싸며 말합니다.

"시간을 알려주는 장수가 보이지 않을 뿐, 누구나 하루하루
죽을 날짜를 향해 가고 있다.
그러니 어찌 시간을 헛되이 낭비하겠느냐?"

"큰 문제가 생기면 가슴에 대고 얘기하는 거야.
알 이즈 웰."

- 란초

우리 마을에 경비가 있었는데,
야간 순찰 때 이렇게 얘기했어.
"알 이즈 웰(all is well)"
그래서 우린 마음 놓고 잘 수 있었지.

근데 도둑이 들었던 거야.

나중에 알고 보니
그 경비는 야맹증 환자였어.
"알 이즈 웰"이라고 외쳤을 뿐인데
우리는 안전하다고 생각한 거야.

그 날, 난 깨달았어.
마음이란 녀석은 쉽게 겁을 먹는단 걸.
그래서 속여줄 필요가 있어.
큰 문제가 생기면 가슴에 대고 얘기하는 거야.
"알 이즈 웰"

그래서 그게 문제를 해결해줬어?
아니. 근데 문제를 해결해나갈
용기를 얻었지.

세 얼간이

"어떤 문제가 **흐트러진** 그림퍼즐처럼

생겼을 때는

당신의 생활을
구성하는 각각의 **그 퍼즐 조각이라고** 생각해 봐.
요소들이

그게 흩어져 있을 때는

뒤죽박죽인 것처럼 보여도

그것들은 자
기
자
리
가 있어서

결국엔 하나가 되지."

- Dr. 레비

"삶이 원래 이렇게 힘든가요? 어릴 때만 그런가요?"
"아니, 삶은 언제나 힘들어."
- 마틸다 & 레옹

매우 긴 터널을 지나는 운전자는 어두운 터널을 빨리 벗어나고 싶었어요.
마침내 터널의 끝에 다다랐을 때, 밝은 빛이 보였고 안심했지요.
하지만 터널을 빠져나왔어도 달라진 건 없었습니다.
여전히 운전대를 잡고 있었고, 신경 써서 운전해야 했어요.

오늘 힘들다고 괴로워 마세요, 어차피 내일도 힘들 거니까요.
터널을 빠져나온 운전자처럼 우린 끊임없이 달려야 합니다.
삶이 끝나기 전까지는 우리는 달려야 하지요.

어차피 평생을 달려야 한다면,
운전을 즐기면 어떨까요?

달리는 것이 행복하다면,
죽을 때까지

우리는
평생
행복할 테니까요.

레옹
39

"빨리 가려거든 혼자 가라.
멀리 가려거든 함께 가라."

- 마메르

세상이 붕괴할 때의 얘기야.
어떤 사람이 떨어지면서
계속 자신에게 타일렀대.

아직은 괜찮아

아직은 괜찮아

어떻게 떨어지느냐는
중요치 않아.

중요한 건 착륙이야.
- 빈쯔

"알지도 못할 무언가를 위한
휴게소쯤으로 생각하며
현재를 너무 공허하게
보내고 있는 것 같다."

- 맨컴 회장

영화관에 앉자마자 엔딩 자막이 올라가기만 기다리는 사람은 없습니다.
영화관에 가는 이유는 영화를 보기 위함입니다.
끝나고 불 켜지는 것을 보려고 가는 것은 아니지요.

삶이 끝나기만을 기다리는 사람도 역시 없습니다.
그런데 항상 다음을 생각하고 빨리 가려다 현재를 놓칩니다.

영화는 지금 장면을 놓치면 안타까워하면서,
인생은 지금 순간을 놓치는 것조차 인식하지 못합니다.

지금, 현재가 얼마나 소중한지
끝까지 가보고 나서 알면 이미 늦습니다.

"개구리를 팔팔 끓는 비커의 물에다 넣으면
곧바로 튀어나오지만,
개구리를 넣고 물을 팔팔 끓이면
뜨거운 줄 모르고 익어서 죽어버린다."
- 해리 달튼

아이큐 75. 포레스트 검프도
알고 있습니다.

똑똑하진 않지만,
사랑이 무엇인지 알고 있으며,
신발만 보고 어디에 갔었는지, 어디를 가는지,
어떤 사람인지를 알아냈습니다.

죽음도 삶에 일부라는 것을 알고 있었고, 인생은 초콜릿 상자와 같아서
어떤 경우가 나올지 짐작할 수 없다는 것을 알고 있었습니다.

달리기를 잘하는 포레스트 검프는
알고 있었습니다.

과거를 뒤에 남겨 두어야
앞으로 나갈 수 있다는 사실을요.

신궁은 시위를 떠난 화살에 미련을 두지 않는답니다.
활시위를 떠난 화살은 돌이킬 수 없는 과거일 뿐.

지금 생각해야 할 것은 이미 쏜 화살이 아니라
팽팽하게 당겨진 활시위에 놓인 화살입니다.

"어머니는 늘 말씀하셨죠.
과거를 뒤에 남겨 두어야
앞으로 나갈 수 있다고."
- 포레스트 검프

"신들은 죽을 수 있는 인간을 질투해.
무엇이든 마지막이 정해져 있는 것은
아름다운 법이거든."

- 아킬레스

리미티드 에디션(limited edition)은
일반 제품보다 비싸게 판매되고,
시간이 흐를수록 그 가치는 더욱 오릅니다.
더는 생산되지 않는 한정판이라는 소장 가치 때문이지요.
그만큼 손에 넣으려면 힘들고,
얻게 되면 다른 것보다 소중히 다룹니다.

신들도 가지고 싶어 질투하는 유일무이한
리미티드 에디션은 당신의 인생입니다.
소중히 가꿔야 할 이유입니다.

트로이

"당신은 여주인공이요.
한데 아가씬 조연처럼 행동하고 있다오."
- 아서 애봇

세상의 모든 스케줄은 당신에게 맞춰 움직입니다.
제아무리 역사적인 순간이라고 해도
당신이 거기에 없으면 그만입니다.

세상에서 당신은 항상 주연이며,
언제나 당신을 중심으로 돌아갑니다.

당신은 주연뿐만 아니라 감독이기도 합니다.
당신의 인생을 어떤 장르로 만들지
어떤 내용으로 진행하고
어떤 엔딩으로 마무리할지
오직 당신에게 달렸습니다.

로맨틱 홀리데이

"인생은 아이스크림,
녹기 전에 맛있게 먹어야죠."

- 데브라이 사하이

아끼지 말아야 할 세 가지.
음식, 옷, 사랑

유통기한이 지나면 상하는 음식은
가장 신선할 때 맛있게 먹어야 하고,

유행이 지나면 촌스러워지는 옷은
한창 유행일 때 멋지게 뽐내야 하고,

언제 올지도, 변할지도 모르는 사랑은
찾아왔을 때 미친 듯이 빠져야 합니다.

그리고 지금 이 순간에도 사라지고 있는 내 인생.
아끼지 마세요. 아까운 내 인생이
녹습니다.

블럭

"되돌아갈 수는 없어도
한 번뿐인 인생이기에 더욱 소중하다."
- 팀

진행자: 지나간 시간을 되돌리고 싶어 후회한 적이 있으십니까?

여러분에게 시간을 되돌릴 수 있는 능력이 있다면 무엇을 하겠습니까?

실패했던 시험 문제를 미리 알고 과거로 돌아가면 어떨까요?

복권을 한 장 사야겠군요. 상한가 치는 주식도요.

고백도 못 하고 헤어진 첫사랑을 찾아갈까요?

씻을 수 없는 창피한 순간으로 돌아가 멋지게 만회할까요?

우리에게 아쉬움이 남는 그 순간으로 돌아갈 수 있다면,

여러분은 어떻게 하시겠습니까?

바로 제 옆에는 그런 능력을 지닌 분이 나와 계십니다.

박수로 맞이해 주세요. 런던에서 온 팀입니다!

팀　　: 반갑습니다.

진행자: 간단한 소개 부탁합니다.

팀　　: 안녕하세요. 팀입니다. 저는 현재 런던 법정에서 일하고 있습니다.

여러분이 궁금해하는 시간 여행 능력은 전통적인 집안 내력입니다.

제가 성년이 되는 날 아버지께서 말씀해주셨죠.

진행자: 와우! 부럽습니다. 자, 그럼 최근엔 언제로 돌아갔었나요?

혹시 이 지루한 쇼 이전으로 돌아갈 생각을 하고 계신 건 아니죠?

팀　　: 하, 아닙니다. 저는 더 이상 시간 여행을 하지 않습니다.

진행자: 네? 제가 잘 못 들었나요? 왜죠?

팀　　: 음… 예를 들어보죠. 제게 맛있는 과자 한 봉지가 있다면,

과자 하나 하나를 소중히 아껴서 먹겠지요.

만약에 그런 과자가 셀 수 없을 정도로 많다면 어떻겠어요?

진행자: 네? 무슨 말인지 잘 모르겠군요.

맛있는 과자가 많으면 좋은 거 아닌가요?

그럼 팀씨는 시간 여행을 한 적이 한 번도 없으신가요?

팀　　: 아뇨. 수도 없이 많이 했죠.

사랑을 얻기 위해 몇 번이고 과거로 돌아갔었죠.

친구를 돕기 위해, 가족을 살리기 위해 수많은 시간 여행을 했습니다.

진행자: 이제야 얘기가 되네요. 그런데 왜 그만둔 거죠?

　　　　원하는 것을 이제 다 이뤄서 은퇴한 건가요?

팀　　: 아뇨. 사람이 원하는 걸 어떻게 다 이룰 수 있겠습니까?

　　　　저는 오히려 시간 여행을 통해 원하는 것을 더 잃었습니다.

　　　　한두 가지를 바꾸기 위해 과거로 가면 그동안 제가 이루어놓은 것들을

　　　　다시 시작해야 합니다.

　　　　별 볼일 없는 제 삶이지만, 아픔도 슬픔도 기쁨도 모두 제 것이고

　　　　소중하기에 저는 그것들을 잃고 싶지 않습니다.

　　　　계속 바꿔 신을 수 있는 운동화보다는

　　　　오래 신어서 제 발에 맞게 길들어진 수제화가 제겐 훨씬 소중한 거죠.

진행자: 네, 알겠습니다. 시청자들의 야유 소리가 여기까지 들리네요.

　　　　예전 시간 여행을 왕성하게 했던 팀이 나왔다면 좋았을 텐데.

　　　　아쉽습니다. 끝으로 한 말씀 하시죠.

팀　　: 저는 이젠 시간 여행을 하지 않습니다.

　　　　하루를 위해서라도 그저 제가 이날을 위해 시간 여행을 한 것처럼

　　　　생각합니다. 특별하면서도 평범한 마지막 날이라고 생각하며

　　　　완전하고 즐겁게 매일 지내려고 노력합니다.

　　　　제가 그리고 당신이 할 수 있는 최선은

　　　　이 멋진 여행을 즐기는 것뿐입니다.

진행자: 끝났나요?

팀　　: 네.

진행자: 그렇군요. 여러분, 이제까지 시간 여행자였었던 팀과 함께했습니다.

　　　　감사합니다!

"난 이기적이야. 더 행복해지고 싶어."

- 댄

행복은 단순히 사전적 정의로 규정 짓기 힘들지요.
역사 이래 철학자들은 행복에 다양한 의견을 냈습니다.
어쩌면 아리스토텔레스의 말처럼
행복은 만물이 지향하는 최고선(最高善)일지도 모릅니다.

행복은 개인마다 다르며, 누구도 자신의 행복을 대신할 수 없지요.
행복을 찾기 위해 이기적이 되는 것은
굶주린 배를 채우는 것만큼 자연스러운 일입니다.

인생에 주어진 의무는
다른 아무것도 없다네.
그저 행복하라는 한 가지 의무뿐.
우리는 행복하기 위해 세상에 왔지.
- 헤르만 헤세-

"자신을 좀 더 잘 알수록 주변 상황에 덜 흔들리게 되지."
- 밥 해리스

처음 가는 길은 가는 곳을 모르기에 멀게만 느껴집니다.
목적지에서 되돌아올 때면 '이렇게 쉽고 가까웠나?' 놀랄 때가 많습니다.

먼 길을 가는 일은 힘들지만,
어디를 향해 가는지,
왜 이 길을 가고 있는지,
짊어진 짐이 적당한지,
맞는 신발을 신었는지를 안다면,
그 여정의 고단함은 조금 줄어듭니다.

나를 아는 것이
모든 문제를 해결해주지는 않습니다.
다만 주변 상황 때문에
길 위에서 흔들리는 일은
확실히 줄어듭니다.

사랑도 통역이 되나요?

"우린 행복할 의무가 있다!"

\- 헥터

우린 누구나
행복할 능력이 있습니다.
우린 모두가
행복할 권리가 있습니다.
우린 모두다
행복할 의무가 있습니다.

굿 우먼
64

"모든 성자에겐 과거가 있고, 모든 죄인에겐 미래가 있다."
- 터피

《윈드미어 부인의 부채》를 집필한 오스카 와일드*.
순수 미를 추구하는 탐미주의 신봉자였던 그는 솔직하고 재치 있게
자신의 이야기를 풀어놓는 재주가 있었습니다.

"항상 적을 용서하라. 그것만큼 적을 짜증 나게 하는 일은 없을 것이다."
"남자는 늘 여자의 첫 번째 애인이 되고 싶어 하고, 여자가 바라는 것은
남자의 마지막 애인이 되는 것이다."
"여자는 사랑받을 대상이지, 이해돼야 할 대상이 아니다."
"당신을 평범한 사람으로 대하는 이를 사랑하지 마라."
"상대가 이기는 카드를 갖고 있을 때, 사람들은 '공정한 게임'을 하자고 한다."

파리 페르 라셰즈 묘지에 잠든 오스카 와일드.
그의 묘지에는 끊임없는 추모 행렬과 애정을 담은 키스 세례가 식을 줄 모릅니다.
시대를 초월한 예술가의 말은 지금도 가슴 속에 환한 불꽃으로 타오릅니다.

"아름다운 것에서 아름다운 의미를 찾아내는 사람은 교양 있는 사람이다.
이런 사람들에게는 희망이 있다. 그들은 선택받은 사람들로
그들에게 아름다운 것은 오롯이 아름다움만을 의미한다.
도덕적인 책이나 부도덕한 책은 없다.
잘 쓴 책. 혹은 잘 쓰지 못한 책. 이 둘 중 하나다. 그뿐이다."

---

* 오스카 와일드(Oscar Wilde, 1854~1900): 극작가, 소설가, 시인. 19세기 말의 유미주의를 대표하는 작가. 예술을 위한 예술을 신조로 하는 탐미주의를 주장하고, 1882년 미국에서 미학을 강의하며 이 운동을 추진했다. 작품으로는 《도리안 그레이의 초상》, 《살로메》, 《옥중기》, 《윈더미어 부인의 부채》, 《행복한 왕자》 등이 있다.

"무례함은 그저 두려움의 표출입니다."
- 구스타브

바스락 소리에 짖고, 달빛을 보고도 짖고,
누가 가족인지 손님인지 구별하지 못하고 짖기만 하는 개.
일단 짖고만 보는 개는 아무리 우렁차고 험악해도 물지 못합니다.
불안하고 초조하지만, 맞서기가 두려워서입니다.

진짜 두려운 개는 짖지 않는 개입니다.
이런 개는 함부로 으르렁거리지 않습니다.
긴장의 끈을 놓지 않고 있다가 적의가 느껴지는 순간
망설임 없이 덥석 물어버립니다.

무례한 행동 역시 두려움의 표출이고,
자신의 약함을 감추기 위한 허세의 또 다른 표현입니다.

짖기만 하는 시끄러운 개 때문에
행복한 나의 하루를 망칠 필요는 없습니다.

"만약 실수하면 스텝이 엉키게 되는데,
그게 바로 탱고입니다."

- 프랭크 슬레이드

대가의 붓 터치는 실수도 예술이 됩니다.
탱고의 스텝은 엉켜도 그 자체로 탱고입니다.

누구나 살면서 크든 작든 실수합니다.
실패가 있고 잘못도 있습니다.

티 없이 태어났지만, 상처가 생기고 눈 감는 날까지 상처 입기를 반복합니다.
힘들고 아프지만, 삶에 생긴 무수한 상처가 어느 날 인생의 지도가 되기도 합니다.

인간은 무균실에서 자란 연약한 생명체가 아닙니다.
대자연 속에서 상처를 견뎌내는 강인한 생명체이죠.

조금 더러워져도, 조금 실수를 해도, 조금 망가져도 괜찮습니다.

조금 깨끗해지면 되고,
조금 성공하면 되고,
조금 행복해지면 됩니다.

여인의 향기

"난 티파니를 아주 좋아해요. 특히 정말 우울할 때."
- 홀리

특정 제품에 대한 소비가 증가하면, 오히려 그 제품의 수요가 줄어드는 현상을
스놉효과(Snob Effect)라고 하지요.
사람들은 다수의 소비자가 사지 못하는 제품에 호감을 느낍니다.
가격이 비싸서 쉽게 구매하기 어려운 고가의 하이클래스 제품, 명품 등이
여기에 해당합니다.
1950년 미국의 하비 라이벤스타인이 발표한 이론으로 '속물효과'라고
부르기도 하지요.

〈티파니에서 아침을〉에서 홀리는 우울할 때면 뉴욕 맨해튼 5번가의
보석 가게 티파니를 찾습니다. 그녀는 쇼윈도에 진열된 다이아몬드를 보며
기운을 냅니다.
다분히 스놉적인 경향이 강한 행동이지만,
그녀의 행동을 비난할 필요는 없습니다.
누구나 갖고 싶은 물건을 떠올릴 때면 기분이 좋아지기 때문입니다.

물질이 삶의 목적이 되는 것은 문제가 있지만, 그 물건으로 인해
울적했던 기분이 나아졌다면, 그보다 좋은 가치는 없을 것입니다.

적당한 기름기가 고기를 더욱 맛있게 하듯,
적절한 속물적인 성향은 삶에 기쁨을 안겨줍니다.

Breakfast At Tiffany's

"어렸을 때 롤러스케이트가 있었는데,
난 상자에 모셔두기만 했어요.
망가질까 봐 겁이 나서
방안에서 두 번 정도 타기만 했죠.
그러다 보니 어떻게 된 줄 알아요?
·
·
·
발이 커져서
들어가질 않았어요."

- 케빈

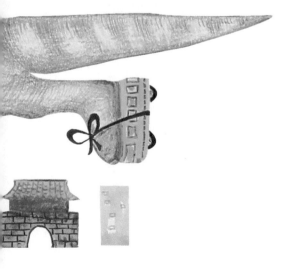

"인생은 당신이 들이쉰 숨의 양이 아니라,
숨 막히게 하는 '그 순간'입니다."
- 히치

이탈리아산 황금 보리를 반죽해 면을 뽑고,
독일제 알루미늄 냄비로 진하게 삶아서
페루산 토마토소스로 드레싱하고,
그리스 접시에 담은 스파게티를
먹는 방법은?

간단합니다.

맛있게 먹으면 됩니다.

어떤 재료로 만들고, 어떤 유래가 있으며, 어떤 조리법인지 생각하지 마세요.
셰프가 누구인지, 서빙을 누가 하고, 설거지는 누구 몫인지
걱정할 필요도 없어요. 신선한 토마토소스에 잘 익은 면을
돌돌 말아서 입안에 쏙 넣으면 되거든요.

먹을 때는 그 순간 가장 맛있게 먹으면 되고,
요리할 때는 그 순간 가장 맛있게 요리하면 됩니다.

살아온 과거도 중요하고 다가올 미래도 중요하지만,
가장 중요한 순간은 지금입니다.
인생은 언제나 현재 진행형이죠.

"넘어지면 어때?
다시 일어나면 되잖아,
넘어진 김에 하늘을 보니, 파란 하늘이
오늘도 한없이 펼쳐져 미소 짓고 있었다."

- 이케우치 아야

"영원한 시간 속에 떠다니느니,
나의 중요함을 느끼고 싶어."
- 다미엘

다람쥐가 아무리 작아도 사자의 노예가 아니며
참새의 지저귐이 거슬린다고 타조가 막을 수 없습니다.

한낱 미물인 벼룩도 자신이 원하는 대로 튀어 오르며
뿌리 깊은 나무도
하늘을 향해 가지를 뻗습니다

베를린 하늘에서 자유를 그리던 천사는 영원한 삶을 포기한 채,
하늘에서 떨어져 인간이 되었습니다.

파리의 하늘에서도, 티베트의 하늘에서도, 서울의 하늘에서도
천사의 삶을 포기하고 자유를 찾아 지상으로 내려왔거든요.

살아있음을 느끼고,
현재를 느끼고,
부는 바람의 감촉을 느끼고,
가고 싶은 곳을 향해 발길을 내딛고,
하고 싶은 일을 하기 위해
인간이 되었습니다.

우리 모두 그런 귀한 인간입니다.

베를린 천사의 시

"지상의 별처럼 세상의 모든
아이들은 특별하다."

- 램 니쿰브

"코끼리들은 말이야.
한숨을 쉬기도 하고 신음 소리를 내는 거야.
외로울 때나 가슴이 미어질 때나
너무 괴로워서 견딜 수 없을 때.
이 들리지 않는 신비로운 한숨은 산을 넘어서
초원까지 울려 퍼지는 거야.
다른 코끼리들이 들을 때까지…
다른 코끼리들은 그 소리를 듣자마자
하던 일을 멈추고 서로 모여서 위로해 준다네.
같이 모여서 말이야."
- 레오

상처를 극복한 사람은 강력한 백신입니다.
같은 아픔을 겪은 사람을 위로할 수 있는 백신.
아픔을 잘 극복하고 단단한 백신이 되면,
그에게서 뿜어져 나온 온기는
상대의 아픈 상처를 따스히 치료해 줍니다.
그 기운을
내가 줄 수도 있고,
내가 받을 수도 있습니다.

"거짓말할수록 당신이 초라해져."

- 마가렛 킨

거짓말은 짜지 않은 소금 같아서,
쳐도 쳐도 간을 맞출 수 없습니다.

많이 넣으면 혹시 더 멋지게 보일까 기대감에
계속 뿌려 보지만 맛은 변함없습니다.

하얗고 짜지 않은 거짓말, 소금은
어느새 음식을 뒤덮고
먹을 수 없게 만듭니다.

시간이 지나면 다른 사람들도 모두 알게 되죠.
짜지 않은 소금을 뿌린 사람이라는 것을,
아무런 간도 맞출 수 없는 소금을
산처럼 뿌렸다는 것을 알게 됩니다.

다른 사람들이 모른다 하여도,
마주 앉아 식사하는 친구가
소금을 건네달라고 하면
더 큰 문제가 생기는 거죠.

거짓말은
호미로 막을 것을 가래로 막게 만드는
짜지 않은 소금입니다

"여기에다가 네 슬픔을 녹음해. 내가 저 땅끝에다가 묻어줄게."

\- 장

순수한 사람들이 모여 사는 타히티 섬*. 이 섬에 사는 사람들의 생활철학은 "아이타 페아 페아(ajta pea pea)랍니다. "걱정하지 말라"는 뜻이지요. 타히티 사람들은 예부터 춤과 노래를 사랑하는 낙천적인 성격입니다. 인상파 화가 폴 고갱도 원시적인 자연 속에 살아가는 타히티 사람들의 순수함에 반해 여생을 타히티에서 보내며 수많은 명작을 남겼지요.

평온할 것만 같은 타히티에는 비밀이 있습니다. 본격적인 관광지로 개발되기 시작한 1950년대, 원주민들의 자살률이 매우 높다는 사실이 외부에 알려지게 되었지요. 낙천적인 사람들과 어울리지 않는 자살. 타히티에 왜 이런 비극이 일어났을까요? 인류학자 로버트 레비는 수년간의 연구 끝에 타히티의 높은 자살률은 그들이 사용하는 타히티어에 있다고 주장했습니다. 그들에게는 '슬픔'이라는 개념을 가진 단어가 없었던 거죠. 그들도 슬픔을 느끼지만 표현할 언어가 없었기 때문에 위로하고 위로받을 의식이나 관습이 없었어요. 따라서 그들은 그것을 정상적인 감정으로 받아들이지 못하고 자살을 선택한 것이랍니다.

어릴 때 우리는 슬픔을 느끼면 바로 표현을 했습니다. 상처가 나면 상처를 치료하고 위로받으며 일어났습니다. 커가면서 아픔과 슬픔을 표현하는 것에 점점 서툴러진 우리는 슬픔을 느껴도 가슴 깊이 담아야 하는 어른이 되었습니다.
어른도 상처를 받고 아파합니다. 두 발로 버티고 서 있지만 당장에라도 쓰러져버릴 것만 같은 무력감을 느끼기도 합니다. 다행스럽게 타히티어에 없던 '슬픔'이라는 단어를 우리는 갖고 있지요.
다 큰 어른도 슬픔을 말하고 위로받고 위로해줘야 합니다.

서로의 슬픔을 보듬어줘야 합니다.

---

* 타히티 섬(Tahiti I.): 남태평양 프랑스령 소시에테 제도에 있는 섬. 화산성 섬으로 8을 옆으로 뉘어놓은 모양을 하고 있다. 폴리네시아 민족의 중심 거주지로 독자적인 전통 문화를 발전시켰는데 17세기 이래 유럽과의 접촉으로 생활에 큰 변화가 생겼다. 열대성 농산물과 진주조개, 인광석을 산출한다. 기후와 풍토가 온화하여 '남해의 낙원'이라는 별칭으로 불리우며 관광지로 유명하다.

쉐피 투게더

"재밌는 이야기가 있고 들어줄 친구가 있다면
인생은 살만한 거야."
- 대니 부드만

'닭이 먼저냐? 달걀이 먼저냐?'를 따지듯
행복과 세로토닌의 우선순위를 매기는 것은 어리석습니다.

행복을 느낄 때, 뇌의 시상하부에서 분비되는 세로토닌은
흔히 '행복 호르몬'으로 불리지요.

세로토닌이 많이 나오게 하기는 쉬워요.
맑은 날 밖에서 햇볕을 쬐기,
음식에 함유된 탄수화물을 섭취하기,
사람과 교류하며 리드미컬한 신체 활동을 하기.

이렇게 만들어진 세로토닌은
기분 조절뿐만 아니라
식욕, 수면에 긍정적인 영향을 줍니다.
기억력, 학습력 향상은 물론 혈소판에 저장되어
지혈과 혈액 응고 반응까지 관여하지요.

행복해지고 싶나요?
햇살 좋은 날
친구를 만나세요.

피아니스트의 전설

> "몸이 그대를 거부하면, 그대의 몸을 초월해라."
>
> - 셰릴 스트레이드

"If your nerve deny you, go above your nerve."
"몸이 그대를 거부하면, 그대의 몸을 초월해라."

멕시코 국경에서 캐나다 국경을 잇는 4,285km의 도보여행 첫째 날.
26살의 가녀린 여성 셰릴 스트레이드는 에밀 디킨스의 시 첫 구절을 방명록에 적고, 기나긴 여정에 첫발을 내딛습니다.

셰릴은 불우한 어린 시절을 보냈지요. 알코올 중독 아버지가 수시로 폭력을 행사했고, 견디다 못한 어머니는 셰릴과 어린 동생을 데리고 집을 나섰습니다. 찢어질 듯 가난한 삶 속에서도 항상 웃음을 잃지 않았던 어머니마저 암으로 세상을 떠납니다. 셰릴은 자신의 희망이자 중심이었던 어머니를 잃고 자포자기한 나날을 보냅니다. 마약과 섹스로 자신을 파괴하며 자학과 자책의 날이 이어졌고, 스물 중반의 나이에 생의 밑바닥까지 떨어져 인생 전체가 무너져내렸습니다.
지옥 같은 나날들이 이어진 어느 날, 셰릴은 우연히 퍼시픽 크레스트 트레일(PCT) 안내 책자를 발견합니다.

온전한 정신으로는 하루도 버티기 힘든 현실에서 셰릴은 세상 밖으로 떠나고 싶어집니다. 그 길 위에 무엇이 있는지, 여정이 끝나면 다시 일상으로 돌아올 수 있을지, 아무런 기약도 없었지만, 셰릴은 잃어버렸던 자신을 찾기 위해 여행길에 오릅니다.

미국 서남단의 멕시코 국경지대에서 출발하여 캘리포니아주, 오레곤주, 워싱턴주를 가로질러 북서쪽 캐나다 국경지대에서 끝나는 장거리 도보여행 코스 '퍼시픽 크레스트 트레일(The Pacific Crest Trail)'. 험난한 등산로와 눈 덮인 고산 지대, 아홉 개의 산맥과 사막, 끝없이 펼쳐진 평원과 화산지대를 거쳐야 완주할 수 있는 PCT는 평균 152일이 걸립니다. 폭설이나 화재 등의 재해로 연간 겨우 1백여 명만이 완주할 수 있는 '악마의 코스'로 불립니다. PCT의 최대 난관은 극한으로 치닫는 육체적 피로뿐만 아니라 사람의 흔적이라고는 찾아볼 수 없는 야생에서 절대 고독과 외로움이지요.

자신의 몸보다 더 커 보이는 배낭조차 제대로 멜 수 없는 셰릴은, "언제든 그만둘 수 있다"며 조금만 더 힘을 내서 하루를 버티고, "언제든 그만둘 수 있다"며 조금 더 힘을 내서 또 하루를 견딥니다.
무거운 배낭이 짓누른 어깨엔 피멍이 지워질 날이 없고, 장기간의 구보로 피범벅이 된 발에서 여섯 개의 발톱이 빠집니다. 젊은 여자이기에 거친 자연 외에도 위험한 남자들을 조심해야 했으며, 사막 한가운데서 타는 목마름에 정신을 잃기도 하지요. 4,000m가 넘는 고지대에 쌓인 눈을 뚫고, 빠르게 흐르는 계곡을 건너야 했고, 배고픔에 허덕이며 식은 죽으로 끼니를 때우기도 합니다.

망가질 대로 망가진 셰릴은 자신에게 묻습니다.
'왜 이 길을 가고 있지? 왜 이 고생을 하는 거야?'

생각하고, 생각해도, 명확한 답이 떠오르지 않습니다. 답을 찾기 위해 골몰하면서, 아픈 상처, 괴로움, 슬픔이 떠오릅니다. 덮으려고 했고 잊으려고 했던 문제들이 한 발 한 발 내디딜 때마다 셰릴의 머리를 어지럽힙니다. 잊기 위해 온 것 같은데, 오히려 더 선명하게 기억납니다.

'무엇이 잘못된 걸까?'

홀로 선 길 위에서 셰릴은 울부짖고, 포효하고, 원망합니다. 감정의 끝까지 내달렸던 셰릴. 어느새, 안고 있던 문제들을 정면에서 맞는 자신을 발견합니다.
1백여 일이 지나고, 길고 긴 여정의 종착지에 다다랐을 때, 숲 속에서 만난 문제가 많다는 꼬마에게 셰릴은 말합니다.

"문제는 영원히 문제로 남아있지 않아. 다른 것으로 바뀐단다."
(Problems don't stay problems, they turn into something.)

"뛰어내리기가 두려울 때, 그때가 뛰어내릴 때죠."

- 아벨

"매너가 사람을 만든다."

\- 해리

오랜 시간 차례를 기다려 가족의 표를 구하는 남자.
애인을 위해 긴 줄을 새치기해서 표를 구하는 남자.

계기판에 200km/h까지 표시되어 있지만, 규정 속도 80km/h를 지키는 남자.
계기판에 200km/h까지 표시된 차의 스피드를 이용해 빠르게 움직이는 남자.

사랑하는 사람과 논쟁이 생겼을 때, 상대의 의견을 주의 깊게 들어주는 여자.
사랑하는 사람과 논쟁이 생겼을 때, 자기 생각만 소리 높여 주장하는 여자.

힘들게 일한 대가로 얻은 빵 한 조각을 떼어 굶주린 아이에게 건네는 여자.
힘들게 일한 대가로 얻은 빵을 맛있게 먹고 힘내서 또 열심히 일하는 여자.

규칙을 따르고 매너를 지키는 것이 때론 답답하고 모험심 없고 나약해 보입니다.
그렇지만 이기적인 명분으로 작은 규칙을 무시하고
과감히 일 처리를 빠르게 하는 것보다 훨씬 힘들고 어려운 일입니다.

매너 지키기.
바로, 아이가 어른이 되는 길입니다.

킹스맨: 시크릿 에이전트

"역경을 이겨내고 피어난 꽃보다
더 고귀하고 아름다운 건 없다."

- 황제

"행복하기는 아주 쉽단다. 가진 걸 사랑하면 돼."

- 케이트

행복은 상대평가가 아닌 절대평가.

비교로 인해 얻은 행복은,
비교 탓에 잃게 됩니다.

행복하기는 뜻밖에 쉽죠.
지금 가진 것을 사랑하면 됩니다.

"사랑은 절대로 미안하다고 말하지 않는 거예요."

- 제니퍼 카바레리

그래도 사랑해, 그래서 사랑해

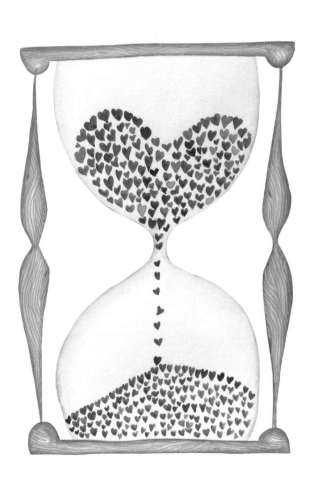

"사랑은
시공간을 초월하는
우리가 알 수 있는
유일한 것이어요."

– 아멜리아

"사랑을 은총이라고 생각해봐. 무의미한 게 아니라,
처음이자 끝이라고. 그 안에 끝이 있다는 것을….."
- 플로렌티노 아리자

콜롬비아 북부의 아름다운 항구도시 카르타헤나.
전신국에서 일하는 가난한 청년 플로렌티노 아리자는 마을로 이사 온 부
유한 상인의 딸 페르미나 다자와 사랑에 빠집니다. 두 사람은 결혼을 약
속했지만, 집안의 반대로 이별을 합니다. 그로부터 53년 7개월 11일의 낮
과 밤이 지나도록, 플로렌티노는 오직 페르미나만을 기다립니다.

가난 때문에 헤어져야 했던 플로렌티노는 페르미나와의 재회를 꿈꾸며
사회적 성공을 합니다.

플로렌티노의 인생메뉴에는 사랑이 빠져있었죠. 성공을 위해서, 행복을
위해서, 자신을 위해서 언제나 선택을 해야 했지만, 그중에 사랑은 없었
습니다. 플로렌티노에게 사랑은 에피타이저도, 메인 디시도, 디저트도 아
닌 식사 도중 은은히 흘러나오는 음악이었고, 산길을 걸을 때 산들바람에
흔들리는 나뭇잎 소리였으며, 휴일 오후 창밖에서 들리는 아이들의 웃음
소리였습니다.

플로렌티노에게 사랑은 다른 것 때문에 못하고, 다른 것 때문에 시간이
없고, 다른 것 때문에 참아야 하는 것이 아니었습니다.
남미 인구의 절반이 사망한 콜레라 시대. 53년 7개월 11일을 기다린 끝에
플로렌티노는 사랑을 이룹니다.

지금 내 사랑의 시작과 끝은 어떤가요?

콜레라 시대의 사랑

"당신은
내가 더 좋은 남자가 되고
싶도록 만들어요."
- 멜빈 유달

" You

make

me

wanna

be

a

better

man. **"**

"네 모습, 그대로를 봐주는 사람을 찾아,
너도 그 사람의 있는 그대로를 봐야 해."
- 케이트

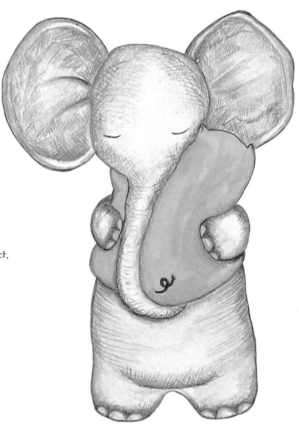

대량으로 생산되는 기성복보다
맞춤 정장이 좋은 걸 알면서도,
사람들은 미리 정해놓은 기준에 따라
개인의 감정과 기준을 무시합니다.

규격에 맞는 사람이 되기 위해 스스로
프로크루스테스*의 침대에 몸을 눕힙니다.

작으면 늘리고 길면 자르는 침대에서
아파도 아프다 말하지 못할 때,

사랑만이 손을 잡아
침대에서 일으켜줍니다.

유 아 낫 유

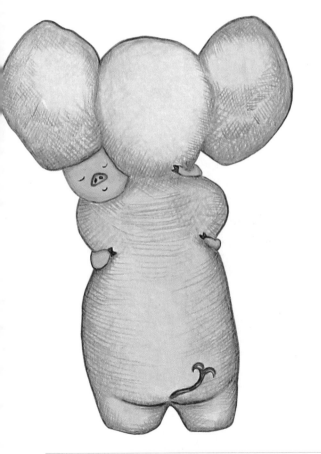

작아도 괜찮고 커도 괜찮다며
사랑은 있는 그대로 안아줍니다.

오롯이 있는 그대로의 모습을 봐주는
사랑은, 그동안 맞추려고 힘들었던
당신을 안아줍니다.

있는 그대로를 사랑하며 안으면,
있는 그대로를 사랑하며 안깁니다.

아무런 거짓 없이,
아무런 가식 없이,
서로 안으면 됩니다.

* 프로크루스테스(Procrustes): 그리스 신화에 나오는 도둑으로 집 옆으로 다니는 통행인을 유인한 뒤 침대에 눕히고, 키가
침대보다 길면 수족을 절단하고 짧으면 뽑아 늘여 죽이는 악당. 영웅 테세우스에게 똑같은 방법으로 최후를 맞는다.

"인간의 감정은 예술과 같아. 위조할 수 있지."
- 빌리 휘슬러

진품을 위조해 돈을 버는 위작처럼
위조된 감정 역시 목적이 뚜렷합니다.
잘 만들어진 위작이 진품과 구별하기 힘들 듯
감정 역시 진심을 구별하기 어렵습니다.

감정 역시 진심과 거짓을 구별하는 방법은 의외로 간단합니다.
원하는 것을 주지 않으면 됩니다.

돈을 벌지 못하면 위작이 쓸모없어지듯
위조된 감정은 원하는 것을 얻지 못했을 때
바로 돌아섭니다.

베스트 오퍼

"그중에서 제일 싫은 건
당신이 싫지 않다는 거예요."
- 캣 스트랫포드

난 네 말투도 머리 모양도 싫어.

네가 차를 모는 방식도 싫어. 빤히 쳐다 볼 때도 싫어.
무식하게 큰 장화도 싫고, 내 속을 들여다보는 것도 싫어.
네가 너무 싫어서 기분 나빠. 네가 싫다는 시까지 지었어.
네가 늘 옳은 소릴 하는 게 싫어. 거짓말할 때도 싫어.
날 웃겨도 싫지만, 울릴 땐 더 싫어. 네가 곁에 없는 데다가,
전화까지 하지 않았다는 걸 싫어하지만,

그 무엇보다도 제일 싫은 건,

그런 널 내가 싫어하지 않는다는 거야.
조금도 손톱만큼도, 아니 전혀.

내가 널 사랑할 수 없는 10가지 이유

생텍쥐페리가 사막에서 만난 어린 왕자는 소행성 B612호에서 왔습니다. 어린 왕자는 항상 홀로 두고 온 꽃 한송이를 걱정하고 그리워했지요. 어린 왕자는 지구에서 친해지게 된 사막여우에게 말합니다.

"수백만 개의 별 중에 단 하나밖에 존재하지 않는 꽃을 사랑하고 있는 사람은 그 별들을 바라보고 있는 것만으로도 행복할 수 있어. 그는 속으로 '내 꽃이 저기 어딘가에 있겠지….' 하고 생각할 수 있거든. 별들은 아름다워. 보이지 않은 꽃 한 송이 때문에."

단 하나의 사랑만으로 온 세상이 아름다워질 수 있는 이유를
어린 왕자는 잘 알고 있었습니다.

"많은 불빛에 가슴이 뭉클한 건,
그 어느 하나에 네가 있기 때문이야."

- 메인 테마송

> # "사람이 있을 곳이란
> 누군가의 가슴속밖에 없단다."
>
> - 여주인

혼자 왔다 혼자 가는 세상이어도
혼자 머무르진 않는 법.

엄마 뱃속을 떠난 순간부터, 시간은 항상 우리를 떠밉니다.
열정을 쫓아 피렌체로 떠난 준세이처럼,
냉정을 지키며 피렌체에 머문 아오이처럼,
스스로 발걸음을 옮기든 떠밀려 발걸음을 떼듯 누군가가 되어야 하며,
무언가를 해야 하며, 어떤 이와 관계를 맺어야 합니다.
우리는 물 위를 떠다니는 부평초처럼 시간의 바다로 흘러 흘러
마지막을 향해 갑니다.

혼자 왔다 혼자 가는 세상이지만, 결코 혼자 머무르진 않습니다.

열정과 냉정 사이에서 다시 만난 준세이와 아오이처럼,
밀크에 젖어드는 쿠키처럼,
도넛에 스며든 커피처럼,
찻잔에 빠져버린 티백처럼
당신과 나처럼….

삶이 외롭지 않은 까닭은
누군가의 가슴속에 살 수 있기 때문입니다.

냉정과 열정 사이

"만지지 않아도 느낄 수 있고,
말하지 않는 순간에도 말할 수 있어.
사랑하지 않는 순간에도 당신을 사랑해."
- 바스키아

나는 달을 질투합니다.
당신이 쳐다보니까요.

나는 해를 질투합니다.
당신을 따듯하게 감싸주니까요.

만지지 않아도 느낄 수 있고,
말하지 않아도 말할 수 있어요.

사랑하지 않는 순간에도
당신을 사랑합니다.

바스키아

"사랑은 절대로 미안하다고 말하지 않는 거예요."

- 제니퍼 카바레리

미안하다 : 남에게 대하여 마음이 편치 못하고 부끄럽다.
고맙다 : 남이 베풀어 준 호의나 도움 따위에 대하여 마음이 흐뭇하고 즐겁다.

그에게 나의 실수가 있었다면,
그에게 미안함은 내 마음속에 묻고,
그에게 고마움을 겉으로 표현하기.

나에게 그는 바다와 같이 넓은 마음이기에,
나에게 그는 햇살처럼 따스한 사람이기에,
나에게 그는 무엇보다 소중한 인연이기에,
미안해도 내 미안함에 상대가 불편하지 않기를….

조금은 뻔뻔해 보여도 그저 고맙다고 말하기.

미안함이 멜로드라마라면, 고마움은 로맨틱코미디.
미안함이 눈물이라면, 고마움은 웃음.

사랑은 절대로 미안하다고 말하지 않는 거예요.
사랑은 웃으며 고맙다고 표현하는 거예요.

러브스토리

"기적은 머리가 아니라 가슴에서 일어나는 거예요."
- 알리시아 내쉬

약관의 나이에 전 세계 정치, 경제, 생물 분야에까지 적용되는 '게임이론'을 만든 존 내쉬. 입학시험 없이 프린스턴대학에 들어갈 만큼 인정받는 천재였습니다. 내쉬의 인생은 항상 외로웠습니다. 인간관계조차 수학적으로 접근하려는 내쉬에게 사람들은 등을 돌렸고, 홀로 된 내쉬는 스스로 가상의 인물들을 만들어 필요한 감정을 충족시키는 편이 훨씬 효율적이라고 믿었지요. 가상의 인물들과 지낼수록 내쉬는 사회로부터 점점 더 고립되었고 수학적으로도 방법을 찾지 못한 채 한계에 부딪힙니다. 조현병으로 MIT 정교수에 채용되지 못하고 정신병원에 장기간 입원합니다.

자신이 만들어 놓은 차가운 벽에 갇혀 서서히 죽어가는 그를 구해준 사람은 아내 알리시아였습니다. 알리시아는 모든 것을 머릿속 차가운 공식으로만 풀려는 내쉬의 식어버린 가슴에 손을 얹고 말합니다.

"진짜는 지금 손을 통해 만지고, 체온을 느끼고, 가슴으로 느낄 수 있는 것이에요. 기적은 머릿속에 있는 것이 아니라 당신 심장에 있어요."

알리시아는 내쉬를 포기하지 않고 평생을 간호하며 그의 곁을 지킵니다. 40여 년이 흐른 뒤 노벨경제학상을 직접 받으러 갈 정도로 내쉬의 상태는 좋아졌고, 스웨덴 스톡홀름 노벨상 시상식에서 내쉬는 사랑으로 그를 일으켜준 아내 알리시아를 바라보며 수상소감을 밝힙니다.

뷰티풀 마인드

"전 언제나 수를 믿어왔습니다. 추론을 끌어내는 방정식과 논리를 말이죠. 하지만 평생 그걸 연구했지만, 저는 묻습니다. 무엇이 진정한 논리입니까? 누가 이성을 결정하는 거죠? 저는 그동안 물질적인 세계와 형이상학적 세계와 비현실 세계에 빠졌다가 이렇게 돌아왔습니다. 전 소중한 것을 발견했어요. 그건 제 인생에서 가장 소중한 발견입니다. 어떤 논리나 이성도 풀 수 없는 사랑의 신비한 방정식을 말입니다. 알리시아, 난 당신 덕분에 이 자리에 섰어요. 당신은 내가 존재하는 이유예요. 내 모든 존재 이유입니다. 감사합니다."

"당신은 나를 완벽하게 해줘요."
- 제리 맥과이어

얼룩말에 줄무늬가 없다면
얼룩말이 아닙니다.

코끼리의 코가 길지 않다면
코끼리라 부를 이유가 없습니다.

작은 것 같아도,
전체를 규정할 수 있는 것이 있습니다.

당신이 없다면,
내가 아닌 것처럼….

당신은 내가 완벽하게 나이도록 해줍니다.

내가 사막이라면,
당신은 오아시스가 아닌 모래입니다.

"다른 세상에 우리 같은 커플이 있다면,
여자는 건강하고 남자는 완벽하겠지.
주말이나 휴일에는 휴식을 취하며 돈을 쓸 테고,
어느 날 기분이 안 좋다며
여자는 집안 청소를 막 할 테고 말이야.
난 그런 사람이 되지 않아도 좋아.
난 우리가 되기를 바라.
당신과 내가 아닌, 우리가."

- 제이미 랜달

"사랑은 표현되는 걸 기다리는 거잖아."

- 오자와 리오

기다리다 지쳐 잠들면

꿈속에서도 기다리는 거잖아

기다리다 지쳐 잠들면,
꿈속에서도 기다리는 겁니다.
사랑이란 그런 것입니다.

사랑이란

"사랑은 상대방의 전부를 껴안는 것."

- 홀든 맥닐

"사랑은 매일 날씨가 좋은 것과 같아.
바람과 비도 단지 종류가 다를 뿐 좋은 날씨니까."
- 프란체스카의 엄마

아무리 바빠도 진짜 사랑한다면
연락할 시간을 만들 수 있어요.
아무리 외로워도 진짜 사랑한다면
연락이 뜸해도 이해할 수 있어요.

진짜 사랑한다면?
사랑을 꾸며주는 부사는
진짜 필요치 않아요.

사랑한다면,
그에 대한 서운함은 그에 대한 걱정으로 바뀌고,
그녀의 잔소리는 그녀의 애정으로 들려요.

사랑은 언제나 좋은 날씨예요.
비가 오면 촉촉한 감성에 젖어서 좋고,
해가 뜨면 환하고 밝아서 좋아요.

사랑한다면 혹은 진짜 사랑한다면,
종류만 다를 뿐 매일 좋은 날씨예요.

"제일 소중한 걸 찾으러 다시 왔어요."

- 애너

"제 신랑은 아마도 도둑질 거짓말 배신은
못 하겠죠. 그러나 당신이 꼭 훔쳐야 한다면,
내 슬픔을 훔쳐가고. 거짓말을 해야 한다면,
위로의 거짓말을 해주고.
당신이 무언가를 배신해야 한다면,
죽음을 배신해 주세요.
왜냐하면,
난 당신 없이는 하루도 살 수 없으니까요."
- 신부

"매일 밤 당신을 잊으려 해도,
아침이 되면 또 다시 사랑이 벅차오르더군."
- 라즐로 드 알마시

진 단 서

환자의 성명		성 별	남/ 여	생년월일	
병 명 ※임상적추정 ※최종 진단	병명: 사랑 임상적추정 1) 페닐에틸아민 호르몬 분비: 　시각적 반응에 의한 호감도 상승 　흥분과 환각작용 　식욕억제 작용 　마약의 주성분인 암페타민 계열에 속함 2) 엔도르핀 변화 3) 아드레날린 변화 4) 노르아드레날린 변화 5) 도파민 변화 6) 옥시토신 변화 7) 바소프레신 변화 8) 크르티솔 변화 9) 세로토닌 변화 ※최종 진단 - 사랑에 빠짐				
향 후 치 료 의 견	〈English Patient〉의 라즐로 드 알마시 말처럼 잊으려하고 지우려 해도 사랑의 감정은 다시 벅차오름. 이는 육체적, 생리적으로 어쩔 수 없는 현상임. 찾아온 사랑을 받아들이고 호르몬의 축제를 마음껏 즐기기를 권함				
비고	사랑의 부작용, 이별: 페닐에틸아민 중단. 엔도르핀 수치 하강. 아드레날린, 도파민 수치 증가. 코르티솔 증가 → 생리적 금단 현상에 의한 이별의 아픔을 극복하기 위한 시간이 필요함				
	위와 같이 진단함 　　　　　　　　　* 마르코 라울란트 〈호르몬의 왜?〉 참조				

잉글리쉬 페이션트

"난 강보다는 하늘이 될래! 그럼 미카가 바로 찾을 수 있잖아!"

- 사쿠라이 히로

폭우가 쏟아져도,
햇볕이 내리쬐도,

구름이 덮이던,
청명하게 맑던,

하늘은 언제나 그곳에 있습니다.

기쁘면 웃으며 바라볼 수 있고,
슬프면 한숨 쉬며 올려 볼 수 있는
하늘은 언제나 그곳에 있습니다.

누군가의 하늘이 된다는 건,
참 멋진 일입니다.

메디슨 카운티의 다리

"숨 쉬는 간격이 길다고 느껴질 만큼 당신이 보고 싶어요."
- 프란체스카 존슨

사랑을 정의 내리기는 어렵지만,
사랑에 빠진 것을 알기는 쉽죠.

기쁠 때
화날 때
슬플 때
신 날 때

어느 감정, 어떤 상황에서도
의지와 상관없이
수시로 "보고 싶다"면

100% 사랑에 빠진 것입니다.

세계적 패션잡지 〈ELLE〉의 편집장, 장 도미니크 보비.
남부러울 게 없는 여피족이었던 그는 어느 날 아무런 이유 없이 의식을 잃고 쓰러집니다.
20일 후, 장 도미니크 보비는 깨어났지만, '감금 증후군(Locked-in Syndrome)'이라는 병에 걸려 온몸이 마비된 채 단지 왼쪽 눈꺼풀 하나만 겨우 움직입니다.

혼자 밥을 먹을 수도, 말을 할 수도 없는 장 도미니크 보비가 스물여섯 개의 알파벳을 하나하나 눈으로 깜빡이며 단어를 만들고 문장을 만드는 법을 배운 후, 수천 번을 깜빡이며 힘겹게 말한 첫마디는 'Je veux mourir(죽고 싶다)'입니다.

그에겐 희망이 없어 보였습니다. 스스로 절망의 늪으로 빠져듭니다. 마비된 육체에 갇혀 영혼마저 잠식당하기 직전, 파르르 떨리는 왼쪽 눈에 나풀거리는 나비 한 마리를 봅니다.

헌신적인 아내가 주는 사랑으로,
순수한 아이들로부터 받은 사랑으로,
애끓는 아버지의 내리사랑으로,
애정 어린 치료사들의 봉사와 사랑으로,
진실한 친구의 우정어린 사랑으로,
희망을 품은 나비 한 마리는 장 도미니크 보비의 눈에 들어옵니다.

오직 왼쪽 눈꺼풀 한쪽으로 세상과 소통하며 15개월 동안 20만 번의 깜빡임으로 그는 생의 마지막에 자전적 이야기를 담은 《잠수종과 나비》를 완성합니다.

그에게 날아온 희망의 나비는
그를 아끼고 소중히 여기는 사람들의
사랑 속에서 날갯짓합니다.

"당신과 같이 바다 깊숙이 빠져도 괜찮아요.
당신은 내 나비니까요."

- 셀린느

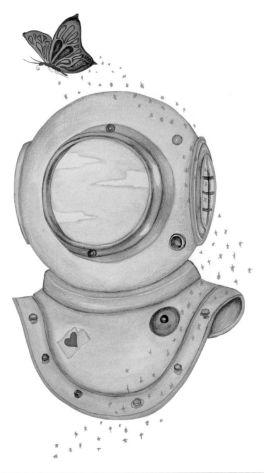

* 락트-인 증후군(감금증후군): 의식은 있지만, 전신마비로 인하여 외부자극에 반응하지 못하는 상태이다.

"17살 때 사랑에 빠져 그녀를 위해 죽을 수도 있었어.
그런데 2년이 지나니, 이름도 기억나지 않더군."

- 엔조

이별은 감기처럼
특효약이 없습니다.

진통제나 해열제를 먹으며
나아지기까지 시간이 걸립니다.

이별이 아프다면,
누구보다 아파하면 됩니다.

그 사랑이 진했던 만큼,
더 슬프고 괴롭게 아파하는 거죠.

모든 이별은 시간이 지나면 누그러지기 마련입니다.

진실한 마음을 거절했다면,
그는 당신의 사랑을 받을 자격이 없습니다.

아픈 게 오히려 잘 된 일입니다.

아직 나타나지 않은
당신을 기다리는 진짜 사랑을 위해서
아픈 게 더 나은 일입니다.

"진정한 사랑은 모든 열정이 타고
없어졌을 때, 그때 남은 감정이다."
- Dr. 아이니스

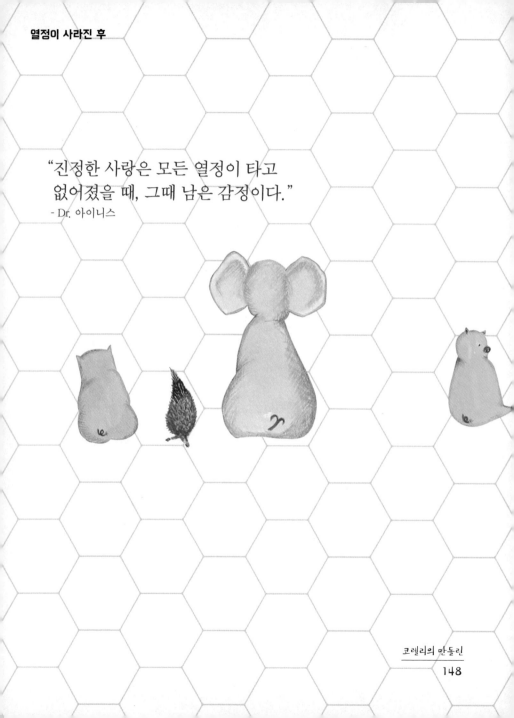

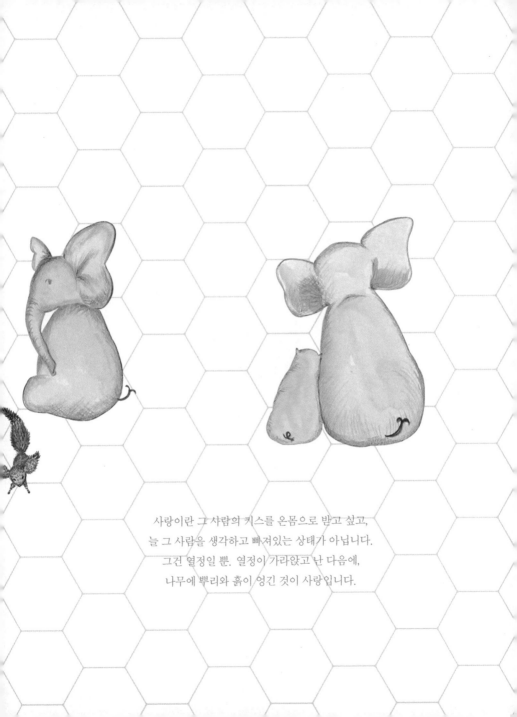

사랑이란 그 사람의 키스를 온몸으로 받고 싶고,
늘 그 사람을 생각하고 빠져있는 상태가 아닙니다.
그건 열정일 뿐. 열정이 가라앉고 난 다음에,
나무에 뿌리와 흙이 엉긴 것이 사랑입니다.

"난 세월을 잊기 위해 시간을 보내요.
당신 없는 오늘의 삶은 어제의 찌꺼기일 뿐."
- 히폴리토

Amelie

마음대로 할 수 없는 마음.

"사랑"

"여자는 남자의 꿈에 끌리는 거야."
- 미즈에

유행이 지난 청청 패션에 헌팅캡,
양말에 샌들을 신고 나타난 것보다

이벤트는 고사하고 언제나 데이트 계획 없이
모두 맡겨버리는 것보다

논리정연하게 자기 주장을 펼쳐 악착같이 이기려는 모습보다
여자가 남자에게 마음이 멀어지는 건….

꿈도 없고, 자신감도 없는 모습이죠.

여자는 남자의 꿈에 끌립니다.

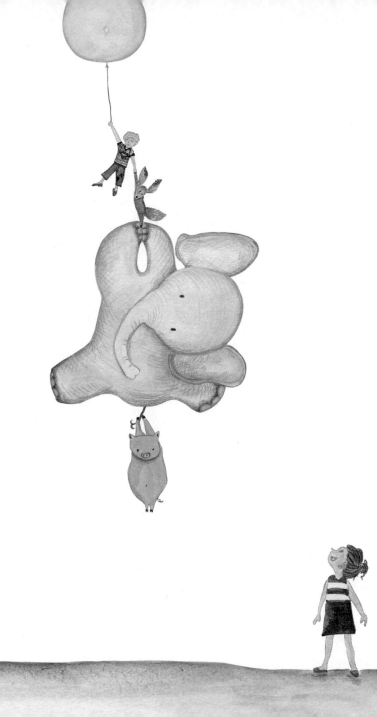

"사랑에도 유통기한이 있다면,
내 사랑은 만년으로 하고 싶다."
- 경찰 223

사랑은 통조림에 담긴 고깃덩어리가 아닙니다.

햇살이 비추면 양지에 놓아줘야 하고,
마르지 않도록 흙을 만지며 물을 줘야 하고, 수시로 관리받는다고 느끼도록
관심 가져야 하는 살아있는 생명체입니다.

사랑의 유통기한은,
정해져 있지 않습니다.

만 년이 될 수도 있고,
하루 만에 죽을 수도 있죠.

사랑의 유통기한은
정해진 것이 아니라 정하는 것입니다.

"사랑에 너무 늦은 것이란 없어요."
- 클레어

"그때 당신이 느꼈던 감정이 정말 사랑이었다면,
너무 늦은 것이란 없어요.
그때도 진짜였다면,
지금은 왜 아니겠어요?
그저 당신의 마음을 따라갈,
'용기'만이 필요할 뿐이에요."

16세기 영국의 대문호 셰익스피어는
위대한 사랑은 쉽게 이루어진 경우가 없다 했고,
19세기 자연주의 시인 랠프 월도 에머슨은
사랑을 즐거운 고통이라 말했습니다.

21세기를 살아가는
사랑스러운 몽상가인 그대,

사랑에 너무 늦은 것이란 없습니다.
단지 작은 용기만 있으면 됩니다.

안녕, 헤이즐

"난 널 사랑하고, 진심을 말하는 그 간단한 기쁨을
거부하고 싶은 마음은 없어. 난 널 사랑해.
사랑이라는 게 그저 허공에 소리를 지르는 거나,
결국에는 잊히는 게 당연한 일이라는 것도 알고,
우리 모두 파멸을 맞이하게 될 거고,
모든 노력이 무위로 돌아가는 날이 온다는 것도 알아.
태양이 우리가 발 딛고 산 유일한 지구를
집어삼킬 거라는 것도 알고.
그래도 어쨌든 너를 사랑해."

- 헤이즐

무엇이든 할 용기

"그녀가 곁에 있으면 난 뭐든 할 수 있어요."

- 테오도르

"한 손으로 피아노를 쳐야
다른 한 손으로 네 손을 잡을 수 있잖아."
- 샹륜

전 세계 사람들을 구하려고
악당을 물리치는 슈퍼맨보다,
사랑하는 그녀가 있기에
악당을 물리치는 슈퍼맨이 더 로맨틱합니다.

말할 수 없는 비밀은 아니지만,
대부분의 남자가 열심히 능력을 키우는
궁극의 이유는 사랑하는 그녀 때문입니다.

그녀에게 잘 보이기 위해,
그녀를 고생시키지 않기 위해,
그녀를 행복하게 해주기 위해,

오늘도 남자는 묵묵히 노력합니다.

말할 수 없는 비밀

"당신 있는 그대로를 사랑하오."
- 마크 다시

1+1=2
두 개가 굳이 하나로 합쳐지려면,
왜곡되고 기형적인 모양이 돼버립니다.

사랑한다고
하나가 될 필요는 없죠.

함께 있어서 좋은 것이지,
하나가 돼서 좋은 것은 아닙니다.

"사랑을 증명하라고 하는 것은 믿음이 없기 때문이야."
- 줄리앙

영국 데번 카운티에 사는 한 청년.
여자 친구에게 하루동안 1만 7,000여 개의 문자메시지를 보내고
180여 통의 전화를 한 혐의로 경찰에 체포되었습니다.

상대에 대한 믿음이 없다면,
사랑은 거대한 강박관념이 되어
모두가 패자인 참혹한 전장이 됩니다.

그리스의 사랑의 신 에로스는
어머니 미의 여신 아프로디테의 말을 어기고
사랑하는 여인 프쉬케를 택했지만,
신들도 깨트리지 못한 둘 사이를
프쉬케의 의심이 갈라놓았습니다.

믿음이란,
비타민D처럼 몸에서 직접 만들지 못해 누군가로부터 받아야 하는 것이 아니라
본인이 스스로 만들지 않으면 절대 가질 수 없는 것입니다.

믿음 없이 사랑하려는 사람은
악기 없이 오케스트라석에 앉은 간 큰 연주자입니다.

버터플라이

"한 번 웃으면 온 세상이 봄이요,
 한 번 훌쩍이면 만고에 수심이 가득하구나."
- 두지

覇 王

別 姬

"만나고 싶은 마음에는 적당한 때라는 건 없어.
만나고 싶다고 느끼는 그 순간이 만나야 할 때야."
- 하라다 료

개는,
좋다고 매달리는 게 어색하지 않아요.
가지 말라고 붙잡는 게 자연스러워요.
슬플 때 슬퍼하고 기쁠 때 기뻐해요.

우리가,
개에게서 배워야 할
사랑에 관한 진실입니다.

"가란다고 가버릴 거면 진짜 가버려."

- 조제

당신과 나 사이,
핸드폰 전원이 꺼졌다고 단절될 사이가 아닙니다.

당신과 나 사이,
한 번의 말실수로 두 번 다시 못 볼 사이가 아닙니다.

당신과 나 사이,
쉽게 헤어지려고 어렵게 시작한 사이가 아닙니다.

당신과 나 사이는
쉽고 빠르게 진행되는 사회 속에서
진중하고 깊게 맺어진 관계입니다.

조제, 호랑이 그리고 물고기들

"난 비록
죽으면 쉽게 잊혀질
평범한 사람일지라도
영혼을 바쳐 평생
한 여자를 사랑했으니
내 인생은
성공한 인생입니다."

- 노아 캘런

"모든 사람은 각자가 하나의 섬이야.
겉으로는 떨어져 보이는 그 섬들도
바다 밑에서는 서로 연결된 거지."
- 윌 프리먼

당신이 혼자고 외롭다고 생각해도
우린 연결되어 있습니다.
함께 살아갈 수밖에 없습니다.
그러니 너무 외로워 말아요.

당장 보이지 않아도,
당신이 거대한 파도에 휩쓸려가지 않게
보이지 않은 곳에서
당신을 꼭 잡아줄
소중한 사람들이
당신 곁에 있으니까요.

"날 초대해줘. 난 초대해야 들어갈 수 있어."
- 이엘리

마음의 교차로에서
파란불에는 오가도 좋아요.

하지만 빨간불에서는
반드시 멈춰서야 해요.

허락되지 않은 마음은
사고가 날 수 있으니까요.

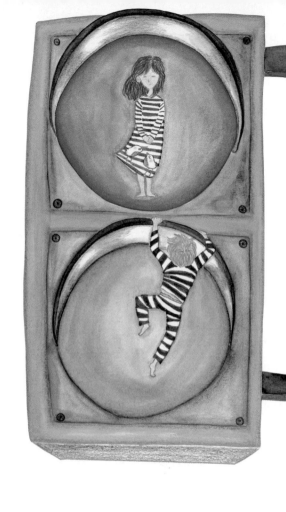

"뜻하지 않는 순간 찾아오는 게 사랑이죠."
- 가브리엘

쉘 위 키스

"가장 위대한 것은 누군가를 사랑하고
또 사랑받는 거랍니다."
- 크리스티앙

물랑 루즈

"인생에서 중요한 건
딱 두 가지야.
사랑하는 사람을 찾아.
그리고 매일 인생의
마지막 날처럼 살아."

- 조

나를 책임져, 알피

"꿈이 있다면 지켜내야 해. 못할 거란 말은 무시해버려. "

- 크리스 가드너

오늘 ... 오늘은 꿈꾸기 좋은 날

쉽게 이루어진다면 꿈이 아니겠지요.
기차표 한 장 끊어서 동해 바다로
놀러 가는 것처럼
쉽게 얻어지는 것이 꿈은 아니잖아요.
깊은 밤 남모를 눈물을
하염없이 쏟기도 하고,
당장 세상의 종말이 올 것처럼
막막한 하루가 시작돼도
이를 딛고 도착하는 곳이 바로
꿈의 종착역이니까요.

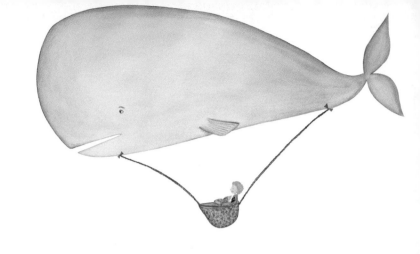

"모두 얼마나 힘든지 알면서도
죽을 힘을 다해 꿈을 좇는 거 아닌가요?"

- 미야모토 사야카

미래예상도

"생존 확률 50대 50?
카지노에서는 최고의 승률이야!"
- 카일

노란색 개나리를 많이 보았다고 해서 모든 개나리가
노란색이라고 말할 수 있나요?
카를 포퍼*의 가능성 원리에 따르면
파란색 개나리 한 송이를 찾는 것만으로
그 명제가 거짓임을 증명할 수 있습니다.

다른 색의 개나리를 찾아내기 전까지는
지구 상에 모든 개나리가 노란지 아닌지,
우리는 알 수 없습니다.

다만, 대부분이 그러하니 그렇게 알고 있을 뿐입니다.
단 한 송이의 꽃으로 언제라도 뒤바뀔 수 있는 사실입니다.

성공의 가능성은 단지 이제껏 봐왔던
확률의 통계일 뿐입니다.

불가능한 여건 속에서도 당신이 꿈을 이룬다면
그 명제는 언제든 뒤바뀔 수 있습니다.

---

* 카를 포퍼(Karl Popper) (1902~95) : 오스트리아 출신의 영국 철학자. 논리 실증주의에 대한 비판을 통하여 〈비판적 합리
주의〉를 주창하였다.

"원하는 걸 알면 절반은 이룬 거야.
 사람들은 대개 평생 원하는 게 뭔지 모르면서 살아."
- 벤 윌리스

시작은 반이 아닙니다.
시작은 시작일 뿐이죠.

시작만으로는 어떤 일도 이루어지지 않습니다.

시작은 반이 아닙니다.
시작은 전부이죠.

평생 원하는 것을 찾지 못하고
시작하지 못했거나
다른 시작을 한 사람에게

확실한 길을 걷고 있는 당신은

전부를 가진 사람입니다.

캐쉬백

"얼마나 세게 치는지는 중요치 않아.
맞고도 좌절하지 않고 나아가는 것이 중요하지."

- 록키

32번이나 거절당한 시나리오를 들고 영화사를 찾아온 무명 배우가 있었죠.
제작자는 시나리오를 마음에 들어 했고, 당대 최고의 스타였던
로버트 레드포드나 버트 레이놀즈를 주연으로 캐스팅하자고 했습니다.

무명 배우는 자신이 직접 주연을 해야 한다고 버텼습니다.
그는 33번째 거절이 두렵지 않았거든요.

제작자는 무명 배우의 고집을 꺾을 수 없다는 것을 알았습니다.
제작자는 100만 달러 미만으로 제작할 수 있으면 하라고 말했죠.
거절할 줄 알았던 무명 배우는 조건을 받아들입니다.

열악한 제작 환경 속에서 무명 배우, 무명 스태프는 힘을 합쳐
28일 만에 촬영을 마칩니다.
이탈리아의 가난한 이민자의 아들로 태어나,
서른까지 무명의 배우로 지낸
실베스터 스탤론의 〈록키〉가 탄생하는 순간입니다.

〈록키〉는 그해 아카데미 작품상, 감독상, 편집상을 받았고,
실베스터 스탤론은 세계적인 슈퍼스타가 됩니다.

"세상에서 가장 쓸데없는 말이 '그만하면 잘했어!' 야."
- 테렌스 플렛처

플렛처 교수: 세상에서 가장 쓸데없는 말이
"그만하면 잘했어!"야.

앤 드 류　 : 하지만, 한계가 있지 않나요?
교수님도 아시잖아요.
너무 심하게 밀어붙여서
제2의 찰리 파커가 진짜 찰리 파커처럼
성장할 수 없게 꺾여버린다면요?

플렛처 교수: 아니, 절대 아냐.
왜냐면 제2의 찰리 파커라면,
어떠한 일이 생겨도 포기하지 않겠지.

레노클럽에서 캔자스시티의 유명한 밴드와 잼 세션으로 참여하게 된 찰리 파커는
작은 실수로 솔로 연주를 망칩니다. 음악 하는 이들만 눈치챌만한 사소한 실수, 대
충 얼버무리고 넘어갈 수 있었지만, 화가 난 드러머 필리 조 존스는 무대 위에서 그
에게 심벌즈를 집어 던집니다. 실수를 알게 된 관객들은 찰리를 향해 야유를 퍼붓
습니다.
굴욕적인 밤이었습니다. 숙소로 돌아온 찰리 파커의 두 뺨에는 뜨거운 눈물이 하
염없이 흘러내립니다.

'대충 넘어갈 수도 있는 실수였다. 지금 나이에 이 정도 실력이면 훌륭하다.'

찰리는 스스로 위로했지만, 그럴수록 더 괴로워합니다. 하얗게 밤을 지새운 찰리
파커는 다시는 전과 같은 실수를 범하지 않기 위해 연습하고 또 연습합니다. 19살

나이에 다시 레노클럽으로 돌아온 찰리는 빅밴드의 얼굴이 하얗게 질린 정도로 최고의 연주를 할 수 있게 됩니다.

비밥 모던 재즈의 창조자 '버드' 찰리 파커. 재즈라는 이름을 대표할 단 한 사람을 꼽을 때 주저 없이 말할 수 있는 찰리 파커. 재즈계의 거장 마일스 데이비스와 쳇 베이커가 흠모했던 최고의 뮤지션.

그날 밤, 날아오는 심벌즈 대신 "그만하면 잘했어"라는 위로가 있었다면 지금의 찰리 파커가 있을까요?

147번째 실험이 실패로 돌아가고, 에디슨 자신이 '이 정도면 할 만큼 했다. 이 정도까지도 훌륭한 발명이다'고 생각했다면, 우리가 쓰는 148번째 전구는 존재하지 않았겠죠.
805번째 비행까지 실패한 라이트 형제가 서로 위로하며 그 가능성만을 인정하고 그만두었다면, 806번째 인류 최초의 비행은 나오지 않았을 것입니다.

스스로 알을 깨뜨리면 하늘을 나는 새가 되고,
다른 이가 알을 깨뜨리면 오늘의 요리가 됩니다.

하늘을 날고 싶다면, 내가 갇힌 알의 세계를 깨뜨려야 합니다.
적당히 해서는 절대로 깨지지 않습니다.

"노력은 꿈을 운반해온다."

- 미야타 토키지로

꿀벌의 꿈은 꿀.
꿀벌은 꿀 한 숟가락을 얻기 위해
4,200번 꽃을 찾아갑니다.

조선 시대 명필 추사 김정희 선생.
70평생 벼루 열 개를 밑창냈고
붓 천 자루를 짧게 만들었습니다.

20세기 후반 음악계를 이끈
마에스트로 레너드 번스타인.
"하루를 연습하지 않으면 내가 알고,
이틀을 연습하지 않으면 아내가 알고,
사흘을 연습하지 않으면 청중인 안다"며
하루도 연습을 거르지 않았습니다.

단단한 바위도 꾸준히 떨어지는
낙숫물에 구멍이 뚫립니다.

1980년, 샌프란시스코. 한물간 의료기기를 팔며 근근이 생활하던 크리스에게 아내가 이별을 통보합니다. 집과 차마저 압류당한 크리스에게는 어린 아들과 단돈 21달러 33센트가 전부. 며칠 후 의료기기를 팔러 나간 크리스는 거리에서 자신과 너무 다른 한 남자를 봅니다. 고급 차에서 내린 말쑥한 남자에게 무작정 다가갑니다.

"도대체 무슨 일을 하면 당신과 같이 될 수 있나요?"
"글쎄, 별거 없는데. 난 증권사 직원이에요. 그다지 어렵지 않아요. 사람을 잘 대하기만 하면 되죠."

크리스는 즉시 주식중개인 인턴에 지원합니다. 의욕은 넘쳤지만, 경력도 없는 크리스에게 면접 기회조차 오지 않습니다. 기다리다 못한 크리스는 무작정 인사담당자를 쫓아 택시까지 따라 들어갑니다. 좁은 택시 안, 인사담당자는 크리스를 거들떠보지도 않습니다. 목적지는 점점 가까워지고 초조한 크리스는 인사담당자가 재미로 맞추는 큐브를 가로채서 필사적으로 큐브를 맞추기 시작합니다. 마치 큐브의 퍼즐에 목숨을 건 사람처럼. 인사담당자가 목적지에 도착했을 때, 크리스는 거의 다 맞춘 큐브를 건넵니다. 마침내 면접 기회를 얻습니다.

무보수에 60대 1의 경쟁을 뚫어야 하는 인턴 과정에 들어간 크리스. 불이 다 꺼진 노숙자 시설에서 크리스는 창밖으로 들어오는 어슴푸레한 불빛에 의지해 밤새 책을 읽습니다. 먹고살기 위해 자신의 피를 팔기도 하고 단 몇 달러에 허리를 굽히며 하루하루를 버틴 끝에 마침내 크리스는 정직원으로 채용됩니다.

homeless였지만 hopeless는 아니었던 크리스 가드너는 자산 2,000억 원을 보유한 홀딩스 인터내셔널의 CEO가 됩니다.

"꿈이 있다면 지켜내야 해. 못할 거란 말은 무시해버려."

- 크리스 가드너

"비행기는 사실 땅에 있으면

더 안전하지만,

날라고 만든 거잖아요."

- 비투스

여행을 가려면 정해진 목적지까지 가야 하고,
영화를 보려면 영화관까지 가야 하고,
사랑을 하려면 마음까지 가야 합니다.

가는 길에서 멈추면
아무것도 할 수 없습니다.

"말이 잘 안 나올 땐 속으로 기도해요."

- 로그 박사

킹스 스피치

영국의 왕자 버티*는 어린 시절부터 말을 더듬어 연설하기를 두려워했습니다. 버티가 말더듬이라는 사실은 본인뿐만 아니라 가족과 국민에게도 걱정거리였습니다. 마침내 아내 엘리자베스의 도움으로 버티는 언어 치료사 라이오넬 로그 박사를 찾게 되고, 로그 박사의 치료를 받으며 버티의 말더듬이가 차츰 나아집니다. 우여곡절 끝에 버티는 영국의 왕 '조지 6세'로 즉위하게 되고, 2차 세계대전이 터지자 불안해하는 국민에게 잊을 수 없는 명연설로 희망을 안겨줍니다.

로그 박사가 버티의 말 더듬는 습관을 고칠 수 있었던 가장 큰 이유는 "말이 잘 안 나올 땐 속으로 기도해요"라고 다독여 버티가 가진 어릴 적 상처를 보듬고 그의 정신을 안정시킨 것입니다.

기도의 힘은 더러는 생사까지 좌지우지할 정도로 큽니다.
용기가 필요할 때, 내면의 생각이 들을 수 있게 기도해 보세요.
당신의 생각이 분명 당신을 도울 것입니다.

* 조지 6세((George VI, 1895. 12. 14. ~ 1952. 2. 6.): 가족들이 부른 애칭은 버티이고 본명은 앨버트 프레데릭 아서 조지 윈저(Albert Frederick Arthur George Windsor)이다. 재위기간 동안 세계 2차대전이라는 전시의 어려운 시기에 영국의 왕으로서 의무를 다하고자 노력하였고 그 중후함과 성실함으로 국민의 사랑을 받았던 왕이다.

"금이라고 해서 모두 빛나는 것은 아니며,
방황하는 이가 모두 길을 잃은 것은 아니다."
- 아라곤

멸망한 북 왕조의 후손인 두네다인의 족장이자
이실두르의 마지막 후계자인 아라손의 아들 아라곤.
일찍이 젊었을 적 자신의 혈통을 포기하고 중간계를 돌아다니는
감시자의 길을 택한 그에게
호빗족인 빌보가 시 한 편을 지어줍니다.

금이라고 해서 모두 빛나는 것은 아니며,
방황하는 이가 모두 길을 잃은 것은 아니다.

오래된 것이라도 강한 것은 시들지 않고,
깊은 뿌리에는 서리가 미치지 못하리라.

전부 타버린 재 안에서 불길이 일고,
어두운 그림자에서 빛이 솟구치리라.

부러진 칼날은 온전히 될 것이며,
왕관을 잃은 자 다시 왕이 되리.

방황하던 아라곤은 반지 전쟁 이후 500년간 섭정이 다스렸던 남쪽 왕국
곤도르로 돌아가 마침내 엘레사르 왕이 됩니다.

"아무것도 안 된다고 생각하면, 절대 성공할 수 없단다."
- J.M. 배리

Impossible(할 수 없다)에
조금의 틈을 벌려주고,
작은 점 하나만 찍으면
I'm possible(할 수 있다)로 바뀝니다.

조금의 틈은 할 수 있다는 긍정적인 생각이고,
작은 점 하나는 할 수 있다는 확고한 신념입니다.

두 가지 생각만 있다면,
불가능은 불같은 가능으로 바뀝니다.

세상이 인정하지 않았던 괴짜 작가 J.M. 배리는
'조금의 틈'과 '작은 점 하나'로
누구나 알고 있는 피터팬을 창조했습니다.

네버랜드를 찾아서

"꿈을 이루는데 시간제한은 없단다."

- 벤자민 버튼

사랑하는 딸에게

살아가면서 너무 늦거나 너무 이른 시간이란 없단다.
넌 언제나 원하는 무엇이든 될 수 있어.
꿈을 이루는데 시간제한은 없단다.
지금처럼 살아도 되고 새 삶을 시작해도 돼.
다만 최선과 최악의 선택 중 최선을 선택을 내리길 바란다.
네가 새로운 걸 보고 새로운 걸 느꼈으면 좋겠구나.
너와는 생각이 다른 사람들을 만나며 후회 없는 삶을 살면 좋겠다.
조금이라도 후회가 생긴다면 용기를 내서 다시 시작하렴.

사랑하는 아빠, 벤자민 버튼

벤자민 버튼의 시간은 거꾸로 간다

"난 매일 아침 불가능한 일을 6개씩 상상해."

- 앨리스 킹슬리

모자 장수가 앨리스에게 묻습니다.
"두려워 앨리스. 여기 있기 싫은데, 여기에
내가 좋아하는 것이 모두 있어. 내가 미친 걸까?"
앨리스가 끄덕이며 말합니다.
"응, 넌 완전히 정신이 나갔어."
모자 장수는 잠시 생각하더니 앨리스에게 속삭입니다.
"그런데 비밀 하나 알려줄까? 모든 위대한 사람은 미쳤다는 거야."

사람이 하루에 몇 가지나 상상하는지 아시나요?
깜짝 놀랄 겁니다. 6,000가지가 넘는 상상을 한대요.

하지만 그 상상 대부분은 지극히 현실적인 일들입니다. 불가능한 일을
상상하는 사람은 '엉뚱하다, 미쳤다, 괴짜다, 쓸데없는 생각을 한다'며
다르게 보고 경계하기도 하지요.
하지만 모자 장수의 말처럼 세상에 이름을 알린 사람의 대부분은
미쳤다는 말이 나올 정도로 불가능한 상상을 했습니다.

평범한 상상을 하면 평범한 일밖에 일어나지 않습니다.
모든 위대한 일들은 비현실적인 작은 상상에서 출발합니다.

이상한 나라의 앨리스

"인생은 당연히 빈틈이 있어.
미친놈처럼 모두 다 메울 순 없어."
- 제럴딘

주말드라마는 꼭 결정적인 순간, 다음회로 이어집니다. 일주일을 기다렸다 보면 별것도 아닌 상황이 해결되지 않은 채 다음회로 또 이어지죠.
오디션 프로그램도 어중간하게 탈락의 순간 끝이 나고, 영화 예고편은 실제 영화와는 다른 순서로 편집돼 궁금증을 불러일으킵니다.

이처럼 해결되지 않은 문제나, 못한 일을 쉽게 마음속에서 지우지 못하는 심리 상태를 '자이가르닉 효과(Zeigarnik effect)*'라고 합니다. 어떤 일을 마치지 못하고 중간에 그만두게 되면 해결되지 않은 문제 탓에 긴장상태가 계속됩니다. 틀린 시험문제가 계속 떠오르고, 이루지 못한 첫사랑이 생각나는 것도 이 때문이지요.
본능적으로 사람은 시작한 일을 끝내고 싶어 합니다. 하지만 자이가르닉 효과 때문에 일을 그르치는 경우도 많습니다.

전체로 보면 미완성된 일이 차지하는 비중은 그리 크지 않을 수도 있어요. 완벽하게 틈 없이 성을 쌓으려고 진을 뺄 필요는 없어요.
군데군데 틈이 있어도 큰 틀을 잘 잡고 쌓아 올리면 통풍도 잘 되는 높고 멋진 성을 완성할 수 있습니다.

우리도 사랑일까

---

* 자이가르닉 효과(Zeigarnik effect): 러시아의 임상 심리학자 블루마 자이가르닉(Bluma Zeigarnik)에 의해 발견되었다. 마치지 못하거나 완성하지 못한 일을 쉽게 마음속에서 지우지 못하는 현상으로, '미완성효과'라고도 한다.

"늘 해왔다고 꼭 그래야만 하는 건 아니죠."
- 새라 애슐리

재정 악화로 중간까지만 완성된 다리,
반쯤 색칠되었지만 의도와 다른 그림.

경제적으로 보면 다리 공사는 중단해버리고,
완성되어도 쓸모없는 그림에 손을 떼야 하지만
대부분 손해를 보면서도 끝까지 완성합니다.

이렇게 사는 것이 아닌데도 그렇게 살았기에 또 그대로 살아갑니다.

한 번 경로가 결정되면 의심이 생기더라도 그대로 따릅니다.
불합리해도 전체 흐름을 뒤집는 것이 두려워 경로를 바꾸지 않습니다.
'경로 의존성' 때문에 잘못된 걸 알면서도 그대로 가는 경우가 많지요.

생각 대로 살지 않으면 사는 대로 생각하게 됩니다.
늘 해왔다고 계속 그렇게 할 필요는 없어요.

오스트레일리아

"한 인간이 신께 기도한다.
'제발 복권에 당첨되게 해달라'고,
그러면 신은 말한다.
'인간아, 제발 복권 3장이라도 사고 기도해라'고."

- 엘리자베스 길버트

먹고 기도하고 사랑하라

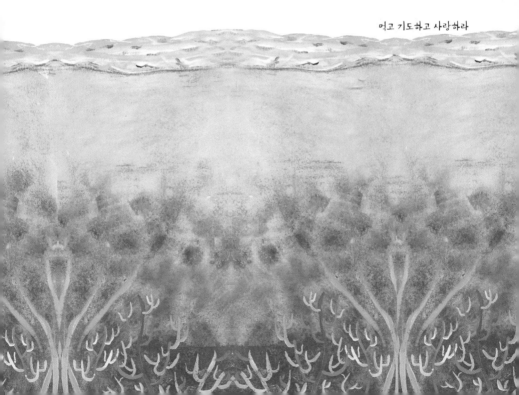

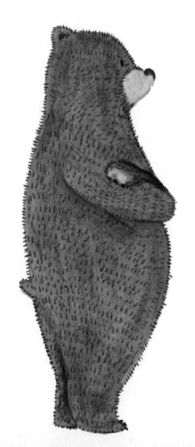

"생각이란 물의 수면과 같다.
동요하면 들여다보기 힘들지만,
진정하면 해답은
분명하게 보이는 법이라네."

- 우그웨이 대사부

아메리카 인디언이 곰을 사냥하는 방법은 간단합니다.
커다란 돌덩이에 곰이 좋아하는 꿀을 잔뜩 바르고
튼튼한 나뭇가지에 매달아 놓으면 끝입니다.
꿀의 향기에 이끌려 돌덩이를 발견한 곰이 발길질을 하며
돌덩이를 잡으려고 하면, 밧줄에 묶인 돌덩이는 앞으로 밀렸다가
뒤로 돌아오면서 곰을 때리기 시작하죠. 화가 난 곰이 더 크게 발을
휘두르면 돌덩이는 더 크게 움직여 곰을 후려칩니다. 숨죽여
이 광경을 지켜보는 인디언은 곰이 지쳐 쓰러질 때까지
기다리면 사냥이 끝납니다. 곰이 발길질을 멈추고
잠시 생각했다면, 돌덩이도 흔들리지 않고 멈출
것입니다. 아니면 나뭇가지에 묶인 밧줄을 이빨로
끊고 돌덩이에 발라진 꿀을 맛있게 핥을 수도 있습니다.
그런데 곰은 이성을 잃고 감정적인 대항만 하는 거죠.

감정의 소용돌이가 일면 생각의 우물에 파장이 생겨 안을 들여다보기 힘듭니다.
특히 반복적인 문제로 고민에 빠졌다면,
잠시 모든 것을 내려놓고 기다려야 해요.

시간이 흐르면 흐렸던 물은 맑아지고,
그 안에 문제의 답이 보일 것입니다.

쿵푸팬더

223

"나는 하루에 한 번씩 모험하는 삶을 살기로 했네."

- 노더 윈슬로우

모험을 즐기는 사람이 있습니다.
언제나 새로움을 추구하고,
안락함보다는 본능을 따르고,
한계에 도전하며 두려움과 맞섭니다.

그들에게는 특별한 DNA가 있지요.
'D4DR'이라는 모험 유전자를 갖고 있습니다.
11번째 염색체에 자리 잡은 '도파민 D4 수용체' 유전자를 가진 이들은
새로운 경험과 도전을 통해 얻게 되는 쾌감을 찾아 항상 모험에 도전합니다.
이들이 이끄는 모험은 대대로 세상을 바꾸고 변화시킵니다.

타고난 사람만이 세상을 바꾸는 모험가가 되는 것일까요?

'DNA 메틸화'라는 것이 있습니다.
견고할 줄 알았던 DNA 염기서열이 외부의 환경적 영향으로 바뀌는 거죠.
DNA 메틸화로 바뀐 DNA는 모든 DNA가 그렇듯 후손에게 유전됩니다.

간단히 말해, 모험 유전자가 없이 태어난 사람도
모험하다 보면 모험 유전자가 생긴다는 게 현대 과학 이론입니다.

인간은, 타고난 DNA조차도 모험과 도전을 통해 바꿀 수 있으며,
이를 후손에게 물려줄 수 있는 위대한 능력이 있습니다.

"내가 포기하지 않는 한 희망은 남아있소."
- 월 터너

ING(진행중)에
I(내)가 빠지면
NG(안 좋다)가 됩니다.

1985년, 히말라야 첫 원정을 떠났다가 돌아오는 길에 추락합니다.
다행히 줄에 걸려 목숨을 건져 이듬해 다시 에베레스트 등정에 도전합니다.
이번엔 해발 7,500m에서 셰르파가 크레바스 틈으로 추락해 목숨을 잃습니다.
그렇게 두 번째 도전도 끝이 납니다.
목숨을 잃은 셰르파는 신혼, 셰르파의 아버지 역시 산에서 목숨을 잃었습니다.
죽은 셰르파의 아내와 어머니를 볼 면목이 없어 더는 산에 오르지 않기로 합니다.
시간이 흐르고 흘렀지만,
머릿속에는 눈 덮인 에베레스트가 끊임없이 떠오릅니다.
두려움과 슬픔을 가슴에 묻은 채 다시 도전해 마침내 정상에 올랐습니다.
산악인 엄홍길 대장의 '히말라야 14봉 완등' 업적은 이렇게 이루어졌죠.
추락과 도전, 다시 추락과 끝. 다시 도전. 그리고 정상.

진행 중인 일에 내가 손을 놓지 않는다면, 실패는 하나의 과정일 뿐.
실패가 실패가 되는 것은 내가 포기하고 떠날 때입니다.

NG(안 좋다)도
I(내)가 있으면
ING(진행)할 수 있습니다.

"가야 할 때 가지 않으면 말이다,
가려 할 때는 갈 수가 없단다."

- 버트 먼로

타이밍이 필요해

세상에서 가장 빠른 인디언

"날지 않는 돼지는 단지 돼지일 뿐이야."

- 포르코 롯소

돼지는 악착같이 먹어서 에너지를 비축해야 하며,
체온 유지를 위해 진흙탕에서 격렬히 굴러야 합니다.
자연에서는 하루 최대 50km 가까이 돌아다니며,
친한 사이끼리 인사 하고 대화 나누느라 바쁜 동물이 돼지입니다.

뚱뚱한 돼지는 있어도 게으른 돼지는 없습니다.
하지만 날지 않는 돼지는 단지 돼지일 뿐이죠.
도전하지 않는 젊음이 청춘이 아닌 것처럼.

무기력과 사색은 구별돼야 하며,
게으름을 기다림으로 포장해서는 안 됩니다,
일탈과 모험을 같이 해석해서는 안 되며,
방황을 여행으로 착각해서는 안 됩니다.

붉은 돼지

"내일은 내일의 태양이 뜬다."

- 스칼렛 오하라

남부 사람들은 과거의 영광과 가치에 집착했지만, 농장주의 장녀이자 뛰어난 미모를 지닌 스칼렛 오하라는 사라져버린 과거를 돌아보지 않았습니다.
첫 남편을 잃었을 때 그녀는 상중에도 무도회에 참석해 그녀를 흠모하는 레트와 춤을 추었고, 두 번째 남편과의 사별 후에는 바로 레트와 재혼합니다.

스칼렛은 남부의 가치와 명분에 대해서 집착하지 않았습니다. 고향 타라의 농장을 지키기 위해 적이었던 북부 사람들과 손을 잡을 정도로 열려있었죠. 스칼렛은 놓쳐버린 과거보다 잡고 싶은 미래를 위해 혹독한 현실 속에서도 씩씩하게 일어서는 여인이었습니다.

"어떤 어려움이 닥쳐도 그것을 이겨내려는 사람들이 있습니다.
그런 사람들이 가진 진취적인 성격이 있어요. 나는 그런 성격을 가진 사람의 이야기를 쓰고 싶었습니다."

마거릿 미첼은 자신의 눈으로 보아온 인물을 토대로《바람과 함께 사라지다》를 완성했습니다.

21세기 검은 스칼렛이라 불리는 오프라 윈프리도 피부색만 다를 뿐 마거릿 미첼이 그렸던 부류의 사람입니다.
토크쇼의 여왕이자 하포 엔터테인먼트 그룹의 대표. 자산 9,000억여 원의 갑부인 오프라 윈프리. 너무 가난해서 감자포대로 옷을 만들어 입었고, 사촌 오빠의 강간과 친척들의 학대가 있었으며, 흑인이라는 편견과 100kg의 뚱뚱한 몸을 극복해야 했습니다. 하지만 그녀가 가난하다고, 예쁘지 않다고 해도 매일 태양은 그녀의 머리 위로 솟아올랐습니다. 오프라 역시 희망이 땅끝까지 꺼져버린 시절, 남부 조지아의 스칼렛처럼 다시 일어나 말했습니다.

"저 하늘, 나는 저 하늘의 태양을 보면서 집중을 배우고
무한한 에너지를 얻어요. 나는 반드시 성공할 것입니다!"

바람과 함께 사라지다

"아무것도 아니라고 생각했던 사람이
아무도 생각할 수 없는 일을 해낸다."

- 앨런 튜링

"용기는 평생 배우는 거야.
타고난 게 아니라 항상 우리의 선택이야."
- 잭 루소

용감한 사람은 두려움을 모르는 것이 아니라,
두려움에도 불구하고 맞서 싸웁니다.

상황을 파악하고도 밀어붙이는 것은 용기요,
상황을 모르고 무작정 밀어붙이는 것은 객기이죠.

용기는 타고나는 것이 아니라,
평생 배우고 선택하는 것입니다.

"기적이 일어나기 5분 전에 포기하지 마라!"

- 맷 스커더

기다리지 않으면 줄 서서 맛집에 음식을 맛볼 수 없고,
기다리지 않으면 자주 늦는 그녀의 얼굴을 볼 수 없습니다.
기다리지 않으면 설익은 토마토를 먹고 배탈이 날 수 있으며,
기다리지 않으면 뜸 들지 않은 밥을 먹어야 합니다.

기다리지 않으면 완성된 그림을 볼 수도 없으며,
기다리지 않으면 탈고된 책을 읽을 수도 없습니다.
기다리지 않으면 탄생의 신비를 경험할 수 없으며,
기다리지 않으면 누구도 두 발로 걸을 수 없습니다.

기다림은 불필요한 낭비가 아니라,
목적지로 가는 데 필요한 과정입니다.

아무도 날아가는 화살을 보며 점수를 매기지 않으며,
아무도 겨울 산에 새싹이 돋지 않는다고 불평하지 않습니다.

기다림에 지쳐 포기한다면,
우연히 찾아오는 기적조차 일어나지 않습니다.

마음의 불씨

"아저씬 불씨를 가지고 있나요? 마음속에요."
- 소년

초보시절 야간운전은 참 어렵습니다. 고작 100미터 앞만 보이는 헤드라이트에 의지해 어둠에 가려진 목적지까지 가야 하지요. 보이지 않는 목적지는 언제 나올지 모릅니다. 옆 차선의 차들은 무섭게 달려가고, 도로 위에 차를 세울 수도 없습니다. 긴장해서 목은 뻣뻣이 굳고 다리는 쥐가 날 정도로 힘이 들어갑니다. 하지만 그렇게 조금씩 앞으로 나아가다 보면 결국 목적지에 도착해요. 삶도 마찬가지랍니다. 눈앞에 당장 보이지 않는다고 목표가 사라진 것은 아닙니다. 어둡고 냉혹한 현실에서도 앞길을 밝혀줄 마음속 불씨가 있다면, 원하는 목적지에 반드시 도착합니다.

미국 최북단 자동차 도시 디트로이트. 부자와 가난한 자를 구분 짓는 경계점에 8 Mile Road가 있습니다. 공장에서 파트타임 일을 하는 지미 스미스는 할렘의 젊은 이들이 그렇듯 래퍼를 꿈꿉니다. 틈틈이 가사를 적고 음악을 만들지만, 현실은 녹록지 않습니다. 허름한 트레일러에 알코올 중독자 엄마, 어린 동생과 함께 살며 꿈도 희망도 외면해버린 친구들과 몰려다니며 하루하루를 보냅니다.

덜컹거리는 통근버스 안. 표정없는 사람들 뒤로 지미가 앉아 있습니다. 아침이지만 새벽보다 더 짙은 어둠은 8마일의 희망을 짓누릅니다. 딸각! 지미의 낡은 워크맨에 플레이 버튼이 눌러지고, 8마일같이 칙칙한 테이프 롤은 4.75㎝/s의 속도로 감기며 비트를 내뿜습니다. 차창 밖으로 스쳐 지나가는 8마일 거리에 음악이 깔립니다.
"단 한 번의 기회로 원하는 모든 것을 쟁취할 수 있다면, 그 기회를 잡겠어? 아니면 그냥 날려 버리겠어?"
심장을 두드리는 리듬에 맞춰 손에 쥐어진 꼬깃꼬깃한 종이 위로 가사들이 내려앉습니다. 그는 어둠 속에서 희망을 적습니다.

백인 쓰레기라고 멸시받으면서도 꿋꿋이 무대 위에 오른 지미는 번번이 고배를 마시던 랩 대회에서 우승합니다. 호들갑스런 축하도, 승리의 기쁨도 뒤로 하고 야근을 위해 공장으로 돌아가는 지미. 어두운 밤거리 속으로 사라지는 그의 뒷모습은 쓸쓸하지도 슬프지도 않습니다.
지미 스미스는 스크린을 뚫고 뮤지션 에미넴으로 돌아와 이야기합니다. 전 세계 8,000만 장의 앨범 판매고, 12개의 그래미상과 빌보드 어워드, MTV 어워드 수상. 최고의 힙합 아티스트 중 한 명인 에미넴. 그의 자전적 이야기를 담은 〈8마일〉은 결코 자신의 성공담을 과시하지 않습니다. 에미넴은 자신이 맡은 〈8마일〉 OST에서 노래합니다.

> "네 마음이 원한다면 넌 무엇이든지 할 수 있어, 친구.
> (You can do anything you set your mind to, man)"

"단 한 번의 기회로 원하는 모든 것을 쟁취할 수 있다면,
그 기회를 잡겠어? 아니면 그냥 날려 버리겠어?"

- 지미 스미스

"원칙 없이 사는 삶은 무의미하다."

- 브라이언 오코너

"옳게 사는 법은
자기 주변 것을 다 버리더라도
자기 자신만은 버리지 않는 것이다.
가진 것을 다 버려도
너 자신만은 버리지 마라."

피천득 선생의 이야기입니다.

자신의 원칙을 지킨다는 것은
자신의 역사를 바로 세운다는 의미입니다.

자신만의 원칙을 가졌다면,
당신은 바다입니다.
작은 바람에 출렁이지 않는 대양입니다.

27살의 청년 애런 랠스턴은 유타주 블루 존 캐넌으로 여행을 떠납니다.

뛰어난 등반가이자 모험을 좋아하는 애런은 협곡을 자유롭게 돌아다녔지만, 그만 실수로 발을 헛디뎌 추락합니다.

협곡으로 추락하면서 함께 떨어진 작은 바위에 팔이 끼어버린 애런. 처음엔 별거 아니라고 생각했지만, 애런은 바위에서 도저히 팔을 뺄 수 없습니다. 온몸으로 바위를 밀쳐보기도 하고 칼로 바위를 깎기도 했지만, 헛수고였습니다. 한낮에 작렬하는 햇살과 배고픔, 타는 듯한 갈증을 견디는 것만이 유일하게 할 수 있는 일이었습니다. 이마저도 시간이 흐르자 힘들어집니다.

하루 이틀이 지나가고, 가족들과의 행복한 기억들, 사랑하는 사람들을 생각하며 홀로 버티던 애런은 점차 한계에 부딪칩니다. 애런의 의식은 희미해져 갔으며 몸은 본능적으로 죽음이 얼마 남지 않았다는 것을 직감합니다.

127시간 동안 비상식량과 내리는 빗물로 생사를 이어가던 애런은 살기 위해 과감한 결정을 내립니다. 바위틈에 낀 자신의 손을 자르고 협곡을 탈출하기로 마음먹습니다. 삶과 죽음의 경계선에서 애런은 자신의 팔을 협곡에 내어줍니다.

상처를 입은 팔을 움켜쥐고 협곡을 달리던 애런은 사람들에게 발견됩니다. 사람들은 만신창이가 된 애런을 부축하며 쉬라고 권유했지만, 애런은 걸음을 멈추지도 쉬지도 않고 오히려 사람들에게 부탁합니다.

"쉬지 않겠어요. 대신 같이 달려주겠어요?"

애런은 이 지옥 같은 상황을 일 분 일 초라도 빨리 벗어나고 싶습니다. 그는 잠시 쉬는 대신 이를 악물고 더 빠르게 달립니다.

"지옥을 지나가고 있다면 최대한 빨리 지나가라"고 말했던 윈스턴 처칠의 말처럼, 자신의 팔을 자르고 망가진 몸으로 달려야 했던 애런 랠스턴처럼 지금의 고통에서 벗어나는 가장 빠른 방법은 더 빨리 달리는 수밖에 없습니다.

127시간

"쉬지 않겠어요. 대신 같이 달려주겠어요?"

- 애런 랠스턴

"매직 아워는 반드시 다시 오네.
이 세상에 해가 뜨는 한."
- 타카세 노부

해가 지평선 아래로 진 후, 밤의 어둠이 내려앉기 전,
낮과 밤의 경계를 '매직 아워'라 부릅니다.

어떤 조명 장비로도 흉내 낼 수 없는 장면이기에,
감독은 매직 아워를 선호하지만, 지속 시간은 매우 짧습니다.

하루 24시간 중 단 20여 분만 매직 아워를 경험할 수 있습니다.
카메라 위치와 조명을 세팅하고, 배우의 연기와 동선을 체크하고,
미술 소품을 배치하고, 동시녹음 준비를 완벽하게 해도 촬영 시간은
모자랍니다. 촬영 중에 한 부분이라도 NG가 난다면 매직 아워 촬영은
할 수 없습니다.

하지만 다음 날이 되면 어김없이 해는 떠오르고 매직 아워의 시간도
다시 찾아옵니다.

오늘만 사는 사람이 아니라면, 아쉽게 놓쳐버린 기회는
분명 다시 찾아옵니다. 날마다 20여 분 남짓한
매직 아워가 늘 찾아오듯.

당신이 선택한 만큼 당신은 성장합니다.
선택한 일에 승패와 관계없이 일이 끝났을 때 당신은 성장해 있을 것입니다. 마치,
일본 만화에 나온 주인공처럼 강한 상대와 싸우고 난 뒤 자신도 강해지는 것처럼.
무언가를 선택하고 나아간다면 당신은 하루하루 성장할 것입니다.

미국 버클리 대학의 로젠츠바이크 교수가 실험했습니다.
같은 부모에게서 태어난 햄스터를 환경이 다른 세 개의 우리에 나누고 한 달간 관
찰합니다. 첫 번째 우리는 넓고 물건들이 가득합니다. 첫 번째 우리의 햄스터들은
물건을 가지고 장난치고 운동하며 활발하게 지냈고, 서로 물건을 차지하기 위해
경쟁하며 싸우기도 했습니다.
두 번째 우리는 중간 크기에 물건은 없었고 먹이는 무한 제공했습니다.
세 번째 우리는 좁고 단 한 마리의 햄스터만이 들어가 쉴 수 있게 만들었습니다.
한 달 뒤, 첫 번째 우리에 있던 햄스터들이 미로 테스트, 이미지 인지 테스트에서
다른 우리의 햄스터보다 빠른 반응을 보였습니다.
첫 번째 우리 햄스터의 대뇌피질은 두 번째 우리 햄스터보다 무거웠고 세 번째 우
리 햄스터보다는 훨씬 무거웠습니다. 뇌의 뉴런이 13% 커졌으며 신경 조직이 가장
많이 복잡해져 있었습니다.

쇠는 두드릴수록 단단해지고, 상처 많은 나무가 아름다운 무늬를 남깁니다.
두려움에 무언가를 선택하지 않고 시도하지 않으면, 훨씬 더 두려운 상황에 직면
할 수 있습니다.
지금 당신이 힘든 상황에 있다면, 반드시 그만큼 성장한 모습으로 보상받을 것입
니다.

가장 특별한 선물

"네가 선택한 만큼 성장한단다."

- 페니 박스터

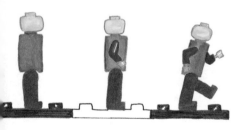

시도하기

"시도하지 마라. 행하던가,
행하지 않던가. 시도하는 것은 없다."
- 요다

배우를 꿈꿨다면,
시사회 이벤트 참여보다 영화에 직접 출연하기를.

화가를 꿈꿨다면,
낙서로 칭찬받기보다 작품으로 갈채받기를.

가수를 꿈꿨다면
노래방에서보다 공연장에서 노래 부르기를.

꿈이 있다면
안전한 시도로 얻게 된 작은 성공에 꿈을 가두지 말기를.
온몸을 내던진 승부에서 100% 최선을 다했다고 당당히 말할 수 있길.
달콤한 꿈을 한순간 신포도로 만들지 말길…

쉽게 이룬 꿈보다 치열한 노력 끝에 놓쳐버린 꿈이 아름답습니다.
꿈을 외면한 안전함보다 꿈을 향한 고통이 가치 있으며,
박제된 죽은 꿈보다 미완성 된 살아있는 꿈이 소중합니다.

가벼운 시도로 갈지 말지 결정하지 말고
행하세요!

스타워즈

"자신을 동정하는 야생동물을 보지 못했다.
동사해 가지에서 떨어지는 새조차 자신을 동정하지 않는다."
- 존 제임스 어게일

지. 아이. 제인

사회는 때론
전쟁터보다 위험하며,
야생보다 치열합니다.

수많은 사람의 사연과 사정이 있기에,
오직 내 사정을 봐주고
오직 내 사연을 들어줄 여유가
사회엔 없습니다.

힘들고 슬프다고
주저앉을 여유가
우리에겐 없습니다.

맹수의 표적이 되는 건
무리에서 어리거나 약한 동물이고,
그보다 더 최상의 사냥감은
상처 입은 동물입니다.

아파도 달려야 합니다.
힘들고 괴로워도 달려야 합니다.
누구보다 빨리 달려야 합니다.

"크림 통에 생쥐 두 마리가 빠졌어.
한 마리는 포기하여 바로 빠져 죽었고,
두 번째 생쥐는 포기하지 않고 열심히 크림을 휘저어
버터를 만든 뒤 빠져나왔단다."
- 프랭크의 아버지

하늘이 무너져 내려도 솟아날 구멍이 있습니다.
어느 시간, 어느 공간에서도 틀리지 않는 말입니다.

하지만 먼저, 솟아날 구멍의 위치를 찾아낼 줄 알아야 합니다.
물론 무너져내리는 하늘에서 구멍을 찾기란 쉬운 일이 아니지요.

기적은 언제나 일어날 수 있지만,
절대로 저절로 일어나지 않습니다.

캐치 미 이프 유 캔

"우리가 왜 넘어지는지 아니? 그건 우리가
스스로 일어서는 방법을 배우기 위해서란다."
- 토마스 웨인

전설적인 홈런왕
베이브 루스는
714개의 홈런과
2,212타점을 기록했습니다.

그의 화려한 기록 뒤에는
지우고 싶은 아픈 기록도 있지요.

베이브 루스는 홈런의 두 배에 가까운
1,330번의 삼진을 기록했습니다.

실패는 단지 하나의 과정입니다.

실패가 끝이 되는 상황은,
바느질할 때뿐입니다.

"어떻게 내가 이겼는지 궁금하지?
그건 내가 돌아갈 힘을 남겨두지 않았기 때문이야."

- 빈센트 프리맨

자연잉태로 태어난 형 빈센트와
인공수정으로 태어난 완벽한 유전자의 동생 안톤.
유년시절 형제가 시합하면 동생이 항상 이겼습니다.
스포츠도, 학교 성적도 형은 완벽한 유전자를 받은 동생을 이길 수 없었습니다.

사회에서도 유전자에 따라 신분을 구분 짓고,
세상 사람들도 그런 구조를 당연히 여깁니다.

빈센트가 꿈을 찾아 집을 떠나기 전날, 형제는 바닷가에서 수영 시합을 벌입니다.
돌아올 수 있을 만큼 멀리 가서 다시 해변으로 돌아오기.

햇살이 부서져 반짝이는 바닷가.
두 형제는 물속에 뛰어들었고
언제나처럼 동생 안톤이 이길 것을 예상했지만,
생애 처음으로 형 빈센트가 안톤을 앞지릅니다.

뜻밖의 결과에 이긴 형도, 진 동생도 모두 놀랍니다.
항상 이길 수 없는 운명이라고 생각했던 빈센트는 달라집니다.
빈센트는 마음속으로만 생각했던 꿈을 이루기 위해 집을 떠나며
당황한 동생에게 말합니다.

"어떻게 내가 이겼는지 궁금하지? 그건 내가 돌아갈 힘을 남겨두지 않았기 때문이야."

빈센트는 태어날 때부터 31살에 사망할 거라 예상했었고, 탈모 가능성이 있으며,
심장 질환을 앓을 것이고 범죄 성향도 높다고 규정되었습니다.

그런 그가 집을 떠나 불가능하다고 여겨진 우주비행사의 꿈을 이룹니다.
돌아갈 곳을 남겨두지 않고 온몸이 부서지도록 부딪혀 이룬 꿈이었습니다.

꿈을 이루기 위한 절실함은 내 앞에 놓인 두터운 벽을 깨트릴 힘이 있습니다.

가타카

"노력한다고 항상 성공할 수는 없겠지.
하지만 성공한 사람은 모두 노력했다는 걸 기억해 둬."

- 마쿠노우치 잇포

독수리는 30년 정도 살면 깃털이 무거워져
날기가 힘들고, 부리는 굽어져 목을 찌릅니다.
이렇게 죽을 것인가,
아니면 온몸을 불태워 살 것인가.
독수리는 선택해야 합니다.
독수리가 살기로 마음먹었다면
6개월 정도 먹는 것을 포기해야 합니다.
암벽에 수천 번 부리를 부딪쳐
낡고 굽어진 부리를 깨트리는 일을 반복해야 합니다.
부리가 감싸던 연한 속살이 드러나고
새 부리가 자라기까지 고통의 시간을 보내야 합니다.
새 부리가 돋아나면 무뎌진 발톱을 모두 뽑고
다시 자랄 때까지 기다리며,
새 부리로 낡은 깃털을 모두 뽑아내고
새 깃털이 나기까지 인고의 시간을 견뎌야 합니다.
마치 죽은 것처럼 피범벅이 된 채 독수리는 숨을 할딱거립니다.
고통스러운 시간이 끝나면 독수리에게는 새로운 삶이 시작됩니다.

세상에는 무수한 벽이 있습니다. 그 벽들은 우리에게 말합니다.
"진정으로 원하는가? 그렇다면 진정으로 노력하라."

"기적을 보기를 원하나? 스스로 기적이 되게나."

- 신

사람들은
신에게서 기적을 바랍니다.
정작 자신들이 가진 힘은 모른 채.

직업이 두 개인 미혼모가 아이들의 축구경기를 보러 가면
그것이 기적이고,
할렘가의 청소년이 마약의 유혹을 뿌리치고
공부에 열중하면
그것이 바로 기적이지요.

기적은 작은 것에서 시작됩니다.

1. 티벳에서의 7년(Seven Years In Tibet) 미국_ 139분_ 1997 개봉_ 감독: 장 자크 아노_ 주연: 브래드 피트

2. 인 디 에어(Up In The Air) 미국_ 108분_ 2010 개봉_ 감독: 제이슨 라이트먼_ 주연: 조지 클루니, 베라 파미가, 안나 켄드릭

3. 버킷 리스트(The Bucket List) 미국_ 96분_ 2008 개봉_ 감독: 롭 라이너_ 주연: 잭 니콜슨, 모건 프리먼

4. 엘리자베스타운(Elizabethtown) 미국_ 123분_ 2005 개봉_ 감독: 카메론 크로우_ 주연: 올랜도 블룸, 커스틴 던스트

5. 거북이는 의외로 빨리 헤엄친다(亀は 意外と速く泳ぐ) 일본_ 90분_ 2006 개봉_ 감독: 미키 사토시_ 주연: 우에노 주리, 아오이 유우

6. 내가 마지막 본 파리(The Last Time I Saw Paris) 미국_ 116분_ 1955 개봉_ 감독: 리처드 브룩스_ 주연: 엘리자베스 테일러, 밴 존슨

7. 빠삐용(Papillon) 미국, 프랑스_ 150분_ 1990.09.29 재개봉, 1974 개봉_ 감독: 프랭클린 J. 샤프너_ 주연: 스티브 맥퀸, 더스틴 호프만

8. 세 얼간이(3 Idiots) 인도_ 141분_ 2011 개봉_ 감독: 라지쿠마르 히라니_ 주연: 아미르 칸, 마드하반, 셔먼 조쉬

9. 하우 투 비(How To Be) 영국_ 85분_ 2010 개봉_ 감독: 올리버 어빙_ 주연: 로버트 패틴슨, 레베카 피전

10. 레옹(Leon) 프랑스, 미국_ 133분_ 1995 개봉_ 감독: 뤽 베송_ 주연: 장 르노, 나탈리 포트만, 게리 올드만

11. 뷰티풀 라이(The Good Lie) 미국_ 110분_ 2015 개봉_ 감독: 필립 팔라도 주연_ 리즈 위더스푼, 아놀드 오셍, 게르 두아니

12. 증오(La Haine) 프랑스_ 96분_ 1997 개봉_ 감독: 마티유 카소비츠_ 주연: 뱅상 카셀, 휴버트 콘드, 세이드 타그마오우이

13. 제로법칙의 비밀(The Zero Theorem) 미국, 루마니아, 영국_ 106분_ 2014_ 개봉_
감독: 테리 길리엄_ 주연: 크리스토프 왈츠, 맷 데이먼, 틸다 스윈튼

14. 단테스 피크(Dante's Peak) 미국_ 112분_ 1997 개봉_ 감독: 로저 도널드슨_ 주연: 피어스 브로스넌, 린다 해밀턴

15. 포레스트 검프(Forrest Gump) 미국_ 142분_ 1994 개봉_ 감독: 로버트 저메키스_
주연: 톰 행크스, 로빈 라이트, 게리 시나이즈, 샐리 필드

16. 트로이(Troy) 미국_ 163분_ 2004 개봉_ 감독: 볼프강 페터젠_ 주연: 브래드 피트, 에릭 바나, 올랜도 블룸

17. 로맨틱 홀리데이(The Holiday) 미국_ 135분_ 2006.12.14 개봉_
감독: 낸시 마이어스_ 주연: 카메론 디아즈, 케이트 윈슬렛, 주드 로, 잭 블랙

18. 블랙(Black) 인도_ 124분_ 2009 개봉_ 감독: 산제이 릴라 반살리_ 주연: 라니 무케르지, 아미타브 밧찬

19. 어바웃 타임(About Time) 영국_ 123분_ 2013 개봉_ 감독: 리차드 커티스 _ 주연: 돔놀 글리슨, 레이첼 맥아덤스, 빌 나이

20. 클로저(Closer) 미국_ 103분_ 2005 개봉_ 감독: 마이크 니콜스_ 주연: 나탈리 포트만, 주드 로, 줄리아 로버츠, 클라이브 오웬

21. 사랑도 통역이 되나요?(Lost In Translation) 미국_ 102분_ 2004 개봉_ 감독: 소피아 코폴라_ 주연: 빌 머레이, 스칼렛 요한슨

22. 꾸뻬씨의 행복여행(Hector and the Search for Happiness) 영국, 독일, 캐나다, 남아프리카 공화국_ 120분_ 2014 개봉_
감독: 피터 첼섬_ 주연: 사이먼 페그, 로자먼드 파이크, 장 르노

23. 굿 우먼(A Good Woman)스페인, 이탈리아, 영국, 미국_ 93분_ 2005 개봉_ 감독: 마이크 바커_ 주연: 헬렌 헌트, 스칼렛 요한슨

24. 그랜드 부다페스트 호텔(The Grand Budapest Hotel) 독일, 영국_ 100분_ 2014 개봉_
감독: 웨스 앤더슨_ 주연: 랄프 파인즈, 토니 레볼로리, 틸다 스윈튼, 주드 로

25. 여인의 향기(Scent Of A Woman) 미국_ 157분_ 1993 개봉_ 감독: 마틴 브레스트_ 주연: 알 파치노, 크리스 오도넬, 가브리엘 앤워

26. 티파니에서 아침을(Breakfast At Tiffany's) 미국_ 115분_ 1962 개봉_ 감독: 블레이크 에드워즈_ 주연: 오드리 헵번, 조지 페파드

27. 나 홀로 집에(Home Alone) 미국_ 105분_ 1991 개봉_ 감독: 크리스 콜럼버스_ 주연: 맥컬리 컬킨, 조 페시, 다니엘 스턴

28. Mr. 히치- 당신을 위한 데이트 코치(Hitch, Mr. Hichi) 미국_ 118분_ 2005 개봉_ 감독: 앤디 테넌트_ 주연: 윌 스미스, 에바 멘데스

29. 1리터의 눈물(1リットルの涙) 일본_ 2005 개봉_ 감독: 무라카미 쇼스케, 키노시타 타카오_ 주연: 사와지리 에리카, 야쿠시마루 히로코

30. 베를린 천사의 시(Der Himmel Ueber Berlin) 독일_ 130분_ 1993 개봉_ 감독: 빔 벤더스_ 주연: 브루노 간츠, 솔베이그 도마르틴, 오토 샌더

31. 지상의 별처럼(Like Stars on Earth) 인도_ 163분_ 2012 개봉_ 감독: 아미르 칸, 아몰 굽테_ 주연: 다설 사페리, 아미르 칸

32. 코끼리의 한숨(Elephant sighs) 미국_ 85분_ 2012 개봉_ 감독: 에드 심슨_ 주연: 에드워드 애스너, 존 카리아니

33. 빅 아이즈(Big Eyes) 미국_ 105분_ 2015 개봉_ 감독: 팀 버튼_ 주연: 에이미 아담스, 크리스토프 왈츠

34. 해피 투게더(春光乍洩) 홍콩_ 97분_ 1998 개봉_ 감독: 왕가위_ 주연: 장국영, 양조위, 장첸

35. 피아니스트의 전설(The Legend Of 1900) 이탈리아_ 123분_ 2002 개봉_ 감독: 쥬세페 토르나토레_ 주연: 팀 로스, 멜라니 티에리

36. 와일드(Wild) 미국_ 119분_ 2015 개봉_ 감독: 장 마크 발레_ 주연: 리즈 위더스푼, 로라 던, 토머스 새도스키

37. 모스트 바이어런트(A Most Violent Year) 미국_ 124분_ 2015 개봉_ 감독: J.C. 챈더_ 주연: 오스카 아이삭, 제시카 차스테인

38. 킹스맨: 시크릿 에이전트(Kingsman: The Secret Service) 미국, 영국_ 128분_ 2015 개봉_
감독: 매튜 본_ 주연: 콜린 퍼스, 태론 에거튼, 사무엘 L. 잭슨

39. 뮬란(Mulan) 미국_ 88분_ 1998 개봉_ 감독: 토니 밴크로프트, 베리 쿡_ 주연: 밍나 웬, 레아 살룽가, B.D. 웡

40. 원 트루 씽(One True Thing) 미국_ 127분_ 1998 개봉_ 감독: 칼 프랭클린_ 주연: 메릴 스트립, 르네 젤위거, 윌리엄 허트

41. 인터스텔라(Interstellar) 미국, 영국_ 169분_ 2014 개봉_ 감독: 크리스토퍼 놀란_ 주연: 매튜 맥커너히, 앤 해서웨이

42. 콜레라 시대의 사랑(Love In The Time Of Cholera) 미국_ 139분_ 2007 개봉_
감독: 마이크 뉴웰_ 주연: 하비에르 바르뎀, 조반나 메조지오르노, 벤자민 브랫

43. 이보다 더 좋을 순 없다(As Good As It Gets) 미국_ 138분_ 1998 개봉_ 감독: 제임스 L. 브룩스_ 주연: 잭 니콜슨, 헬렌 헌트, 그렉 키니어

44. 유아 낫 유(You're Not You) 미국_ 104분_ 2015.01.21 개봉_ 감독: 조지 C. 울프_ 주연: 힐러리 스웽크, 에미 로섬, 조쉬 더하멜

45. 베스트 오퍼([La migliore offerta, The Best Offer) 이탈리아_ 131분_ 2014 개봉_
감독: 쥬세페 토르나토레_ 주연: 제프리 러쉬, 짐 스터게스, 실비아 훅스

46. 내가 널 사랑할 수 없는 10가지 이유(10 Things I Hate About You) 미국_ 97분_ 1999 개봉_

책에 소개한 영화들

감독: 길 정거_ 주연: 줄리아 스타일즈, 히스 레저, 조셉 고든 레빗, 다릴 밋첼

47. 천공의 성 라퓨타(天空の城ラピュタ) 일본_ 124분_ 2004 개봉_ 감독: 미야자키 하야오_ 주연: 타나카 마유미, 요코자와 케이코

48. 냉정과 열정 사이(冷靜と情熱のあいだ) 일본_ 124분_ 2003 개봉_ 감독: 나가에 이사무_ 주연: 타케노우치 유타카, 진혜림

49. 바스키아(Basquiat) 미국_ 105분_ 1998 개봉_ 감독: 줄리앙 슈나벨_ 주연: 제프리 라이트, 데이빗 보위, 데니스 호퍼, 게리 올드만

50. 러브스토리(Love Story) 미국_ 99분_ 1971 개봉_ 감독: 아더 힐러_ 주연: 알리 맥그로우, 라이언 오닐

51. 뷰티풀 마인드(A Beautiful Mind) 미국_ 135분_ 2002 개봉_ 감독: 론 하워드_ 주연: 러셀 크로우, 에드 해리스, 제니퍼 코넬리

52. 제리 맥과이어(Jerry Maguire) 미국_ 138분_ 1997 개봉_ 감독: 캐머런 크로우_ 주연: 톰 크루즈, 르네 젤위거, 쿠바 구딩 쥬니어

53. 러브 앤 드럭스(Love And Other Drugs) 미국_ 112분_ 2011 개봉_ 감독: 에드워드 즈윅_ 주연: 제이크 질렌할, 앤 해서웨이

54. 천사의 사랑(My Rainy Day) 일본_ 119분_ 2009 개봉_ 감독: 칸치쿠 유리_ 주연: 사사키 노조미, 타니하라 쇼스케

55. 체이싱 아미(Chasing Amy) 미국_ 105분_ 1999 개봉_ 감독: 케빈 스미스_ 주연: 벤 애플렉, 조이 로렌 애덤스, 제이슨 리

55. 카사노바(Casanova) 미국_ 111분_ 2006 개봉_ 감독: 라세 할스트롬_ 주연: 히스 레저, 시에나 밀러, 제레미 아이언스

56. 프로포즈 데이([Leap Year) 미국, 아일랜드_ 100분_ 2010 개봉_ 감독: 아난드 터커_ 주연: 에이미 아담스, 매튜 구드

57. 잉글리쉬 페이션트[The English Patient] 미국, 영국_ 162분_ 1997 개봉_ 감독: 안소니 밍겔라_ 주연: 랄프 파인즈, 크리스틴 스콧 토마스, 줄리엣 비노쉬

58. 연공: 안녕, 사랑하는 모든 것(戀空) 일본_ 118분_ 2008 개봉_ 감독: 이마이 나츠키_ 주연: 아라가키 유이, 미우라 하루마

59. 매디슨 카운티의 다리(The Bridges Of Madison County) 미국_ 135분_ 1995 개봉_ 감독: 클린트 이스트우드_ 주연: 클린트 이스트우드, 메릴 스트립

60. 잠수종과 나비(Le Scaphandre Et Le Papillon) 프랑스, 미국_ 111분_ 2008 개봉_ 감독: 줄리앙 슈나벨_ 주연: 마티유 아말릭, 엠마누엘 자이그너, 마리 조지 크로즈

61. 그랑블루(Le Grand Bleu) 프랑스, 이탈리아_ 168분_ 1993 개봉_ 감독: 뤽 베송_ 주연: 장 르노, 장-마크 바, 로잔나 아퀘트

62. 코렐리의 만돌린 (Captain Corelli's Mandolin) 영국, 미국, 프랑스_ 130분_ 2001 개봉_ 감독: 존 매든_ 주연: 니콜라스 케이지, 페넬로페 크루즈

63. 아멜리에(Le Fabuleux Destin D'Amelie Poulain) 프랑스, 독일_ 120분_ 2001 개봉_ 감독: 장-피에르 주네_ 주연: 오드리 토투, 마티유 카소비츠

64. 하와이언 레시피(ホノカアボーイ) 일본_ 111분_ 2012 개봉_ 감독: 사나다 아츠시_ 주연: 오카다 마사키, 아오이 유우, 바이쇼 치에코

65. 중경삼림(重慶森林) 홍콩_ 101분_ 1995 개봉_ 감독: 왕가위_ 주연: 임청하, 양조위, 금성무, 왕페이

66. 레터스 투 줄리엣(Letters To Juliet) 미국_ 105분_ 2010 개봉_ 감독: 게리 워닉_ 주연: 아만다 사이프리드, 크리스토퍼 이건

67. 안녕, 헤이즐(The Fault in Our Stars) 미국_ 125분_ 2014 개봉_ 감독: 조셔 분_ 주연: 쉐일린 우들리, 안셀 엘고트

68. 그녀(Her) 미국_ 126분_ 2014 개봉_ 감독: 스파이크 존즈_ 주연: 호아킨 피닉스, 스칼렛 요한슨, 에이미 아담스, 루니 마라

69. 말할 수 없는 비밀(不能說的秘密) 대만_ 101분_ 2015 재개봉, 2008 개봉_ 감독: 주걸륜 감독: 주걸륜, 계륜미, 황추생

70. 브리짓 존스의 일기([Bridget Jones's Diary) 영국, 프랑스, 미국_ 97분_ 2001 개봉_
감독: 샤론 맥과이어_ 주연: 르네 젤위거, 콜린 퍼스, 휴 그랜트

71. 버터플라이(Le Papillon) 프랑스_ 83분_ 2009 개봉_ 감독: 필립 뮬_ 주연: 미셸 세로, 클레어 부아닉, 나드 디유

72. 패왕별희(覇王別姬) 중국, 홍콩_ 170분_ 1993 개봉_ 감독: 천카이거_ 주연: 장국영, 공리, 장풍의

73. 너에게 밖에 들리지 않아(きみにしかＡ'こえない) 일본_ 2007 개봉_ 감독: 오기시마 타츠야_ 주연: 나루미 리코, 코이데 케이스케

74. 조제, 호랑이 그리고 물고기들(ジョゼと虎と魚たち) 일본_ 117분_ 2004 개봉_ 감독: 이누도 잇신_
주연: 츠마부키 사토시, 이케와키 치즈루

75. 노트북(The Notebook) 미국_ 123분_ 2004 개봉_ 감독: 닉 카사베츠_ 주연: 라이언 고슬링, 레이첼 맥아덤스

76. 어바웃 어 보이(About A Boy) 영국, 미국_ 100분_ 2002 개봉_ 감독: 크리스 웨이츠, 폴 웨이츠_
주연: 휴 그랜트, 니콜라스 홀트, 레이첼 와이즈

77. 렛 미 인(Lat Den Ratte Komma In) 스웨덴_ 114분_ 2008 개봉_ 감독: 토마스 알프레드슨_ 주연: 카레 헤레브란트, 리나 레안데르손

78. 쉘 위 키스(Un Baiser S'Il Vous Plait) 프랑스_ 96분_ 2009 개봉_ 감독: 엠마뉘엘 모우렛_ 주연: 비르지니 르도엥, 엠마뉘엘 모우렛

79. 물랑루즈(Moulin Rouge) 미국_ 125분_ 2001 개봉_ 감독: 바즈 루어만_ 주연: 니콜 키드먼, 이완 맥그리거

80. 나를 책임져, 알피(Alfie) 영국, 미국_ 103분_ 2005 개봉_ 감독: 찰스 샤이어_ 주연: 주드 로, 시에나 밀러

81. 미래예상도(未來予想圖) 일본_ 115분_ 2007 개봉_ 감독: 초노 히로시_ 주연: 마츠시타 나오, 타케자이 테루노스케

82. 50/50(50/50) 미국_ 100분_ 2011 개봉_ 감독: 조나단 레빈_ 주연: 조셉 고든 레빗, 세스 로건

83. 캐쉬백(Cashback) 영국_ 101분_ 2007 개봉_ 감독: 숀 엘리스_ 주연: 숀 비거스탭, 에밀리아 폭스

84. 록키(Rocky) 미국_ 119분_ 1977 개봉_ 감독: 존 G. 아빌드센_ 주연: 실베스터 스탤론, 탈리아 샤이어

85. 위플래쉬(Whiplash) 미국_ 106분_ 2015 개봉_ 감독: 다미엔 차젤레_ 주연: 마일즈 텔러, J.K. 시몬스

86. 미래를 걷는 소녀(東京少女) 일본_ 98분_ 2009 개봉_ 감독: 코나카 카즈야_ 주연: 카호, 사노 카즈마

87. 행복을 찾아서(The Pursuit of Happyness) 미국_ 117분_ 2007 개봉_ 감독: 가브리엘 무치노_ 주연: 윌 스미스, 제이든 스미스

88. 비투스(Vitus) 스위스_ 121분_ 2008 개봉_ 감독: 프레디 M. 무러_ 주연: 브루노 간츠, 테오 게오르규

89. 킹스 스피치(The King's Speech) 영국_ 118분_ 2011 개봉_ 감독: 톰 후퍼_ 주연: 콜린 퍼스, 제프리 러쉬

90. 반지의 제왕(The Lord Of The Rings: The Fellowship Of The Ring)뉴질랜드, 미국_ 178분_ 2001 개봉_

책에 소개한 영화들

112. 스타워즈(Star Wars) 미국_ 121분_ 1978 개봉_ 감독: 조지 루카스_ 주연: 마크 해밀, 해리슨 포드, 캐리 피셔

113. 지. 아이. 제인(G.I. Jane) 미국_ 124분_ 1997 개봉_ 감독: 리들리 스콧_ 주연: 데미 무어, 비고 모텐슨

114. 캐치 미 이프 유 캔(Catch Me If You Can) 미국_ 140분_ 2003 개봉_ 감독: 스티븐 스필버그_ 주연: 레오나르도 디카프리오, 톰 행크스

115. 배트맨 비긴즈(Batman Begins) 미국_ 139분_ 2005 개봉_ 감독: 크리스토퍼 놀란_ 주연: 크리스찬 베일, 리암 니슨, 케이티 홈즈

116. 가타카(Gattaca) 미국_ 106분_ 1998 개봉_ 감독: 앤드류 니콜_ 주연: 에단 호크, 우마 서먼, 주드 로

117. 더 파이팅(Fighting Spirit) 일본_ 2000 개봉_ 감독: 니시무라 사토시_ 주연: 스티브 아레노, 보 빌링스리, 리처드 카시노

118. 브루스 올마이티(Bruce Almighty) 미국_ 100분_ 2003 개봉_ 감독: 톰 새디악_ 주연: 짐 캐리, 모건 프리먼, 제니퍼 애니스톤

책에 소개한 영화들